阿尼家的秘密

涅斯特林格经典作品③

[奥] 克里斯蒂娜·涅斯特林格 著　黄华丹 译

浙江文艺出版社

Zhejiang Literature & Art Publishing House

Originally published as "Sowieso und überhaupt"
ⓒ S. Fischer Verlag GmbH, Frankfurt am Main, 2017
First published in German by Dachs Verlag, Wien, 1991
First Print Run: 10000 copies
版权代理:北京华德星际文化传媒有限公司
版权合同登记号:图字:11-2017-143号

图书在版编目(CIP)数据

阿尼家的秘密 / (奥)克里斯蒂娜·涅斯特林格
著;黄华丹译.—杭州:浙江文艺出版社,2020.4
ISBN 978-7-5339-6033-9

Ⅰ.①阿… Ⅱ.①克… ②黄… Ⅲ.①儿童小
说—长篇小说—奥地利—现代 Ⅳ.①I521.84

中国版本图书馆CIP数据核字(2020)第031018号

责任编辑　岳海菁
封面绘图　马恒智
内文绘图　艾莫渝工作室
装帧设计　吕翡翠
责任校对　唐　娇
责任印制　吴春娟

阿尼家的秘密

[奥]克里斯蒂娜·涅斯特林格 著　黄华丹 译

出版　浙江文艺出版社
地址　杭州市体育场路347号
邮编　310006
网址　www.zjwycbs.cn
经销　浙江省新华书店集团有限公司
制版　杭州天一图文制作有限公司
印刷　杭州富春印务有限公司
开本　880毫米×1230毫米　1/32
印张　6.125
插页　1
版次　2020年4月第1版
印次　2020年4月第1次印刷
书号　ISBN 978-7-5339-6033-9
定价　**32.80元**

本书中的主要人物

讲述者:

阿尼

全名阿纳托尔·波佩尔鲍尔,13岁,喜欢读各种好书,书就是他的第二生命。

卡利

全名卡罗琳娜·波佩尔鲍尔,15岁,和学校里有名的男生们关系都很好,但是学习很成问题。

斯皮迪

全名本杰明·波佩尔鲍尔,7岁,所有人的朋友,尽管他们视他为烦人的小孩,但他极其自信。

故事中的主要人物：

西西·波佩尔鲍尔

阿尼、卡利和斯皮迪的母亲，热爱和谐的家庭生活，经营着一家毛线店。

雷纳·波佩尔鲍尔

阿尼、卡利和斯皮迪的父亲，喜欢钓鱼，性格独立，拥有一颗"博爱"的心。

威尔玛

一位被大家误解了的善良女士。

茨维克雷德博士

税务顾问，最初大家以为他会是个威胁，但其实并不是。

奶奶

一个"灾难"。

外婆

一个"惊喜"。

伍茨

一个好人。

罗希

一个真正的朋友。

可尼

一个美丽的误会。

茨维茨维

把秘密揭穿的人。

毛线店合伙人

一个懒女人。

阿尼家的秘密

目 录

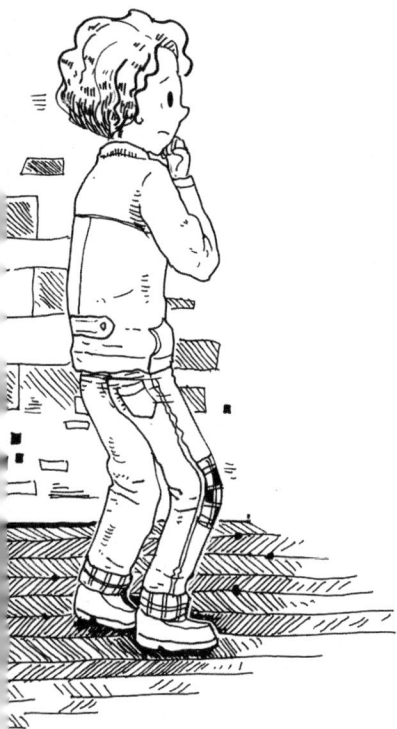

名叫威尔玛的鱼

阿尼讲述的故事

我叫阿纳托尔·波佩尔鲍尔。在家里，他们叫我阿尼，这都得感谢我的姐姐。不过其实和她也没什么关系。我之所以会有一个听起来这么像女孩的名字，都得怪我的爸妈，更确切地说，是拜他们早年可怕的幽默感所赐。

事情是这样的：当他们怀上第一个孩子时，他们确信会是个男孩，于是决定给他取名为卡利。既是为了纪念我死去的爷爷，同时也是为了不让这个美丽的家族名字从此消失。结果，他们生了个女儿。我外婆从一开始就想要个外孙女，而且，毫无疑问，她一点儿都不喜欢卡利这个名字。于是，外婆当即在我母亲的床前一边跳起了桑巴，一边喊着："感谢上帝，不用叫卡利！老天爷总算开眼了！"

但是，因为我妈妈总喜欢和我的外婆——她的母亲作对，所以她就回答说："不！还是叫卡利！她就叫卡罗琳娜！"

于是，我的父母就有了一个名叫卡利的女儿。三年后，当我出生时，为了找回相应的平衡，他们给我取了一个能缩写成女孩名的名字。他们差点儿给我取名叫安布罗修斯，如果那样的话，我现在就该叫罗希了。这么看来，我还得感谢阿尼这个可怕的名字呢！

毫无疑问，我以为小时候的名字都是临时的，等长大后我们就可以自己取一个永久的名字了。但这完全是个不着边际的想法，因为实际上，生活中根本没有什么事能让我们自己做决定。我们没法儿决定在哪里出生，必须接受现在的爸爸妈妈，接受现在住的房子、家庭收入、兄弟姐妹，还有父母的世界观。并没有一个支持孩子们的议会来听取并实施他们的主张和要求。你想想，父母如果不想要一个孩子，就可以让别人把他领养走，但孩子如果不想要他的父母，却不能把他们送走再自己去找新父母！

很可气吧？就是！尤其是现在，我快要气死了！相对来说，我已经算是一个容易知足、好养的孩子了，而且在我们家里，我也不是个讨人厌的孩子。我对家庭生活的全部期待就是，能在家里享受到片刻的安宁，家里的气氛基本和谐，我不用每天都问：大人们又吵架了？还是，今天难得没吵？

现在，家庭战争差不多又要爆发了！我亲爱的爸妈今天完全不想和对方讲话，就连目光交流都不想有。但有些事他们又不得不交流，于是，只能拿他们的孩子当中间人。真是让人头疼！而我的弟弟斯皮迪居然还乐在其中！他先是跑到妈妈那儿问爸爸的蓝裤子在哪里，然后跑到爸爸那儿说蓝裤子在干洗店，又跑回妈妈那儿问哪里能找到一双配对的袜子，再跑回爸爸那儿说得给妈妈"一个钱"（斯皮迪还小，不懂得用合适的量词），之后又带着"两个钱"回到妈妈那儿……他居然还觉得自己特别重要！

可能那小家伙也只能这样了。卡利觉得，斯皮迪可能认为我们家里经常这样吵架是正常的，因为他就没见过家里不吵架的时候。从他出生那天起，我们的父母就已经开始他们漫长的争吵了。外婆有一次对我说过，斯皮迪之所以会出生，就是某一次爸爸妈妈试图和好的结果。

不过，可能我确实有点儿夸张了，而且，我爸妈这样也许是正常的。毕竟，我只亲眼见识过我爸爸妈妈的婚姻生活，所以也不知道其他人是怎样的，更不知道吵到什么程度、气氛有多紧张、氛围有多沉重可以被看作"还算正常"。可能我就是太敏感了。反正我姐姐是这么

认为的。"别总是这么夸张，"我向她抱怨时她总是这样说，"现在爸爸妈妈也没那么讨厌了。而且别人的父母也有其他缺点啊！你可能更加没法儿忍受那些问题呢！"

卡利根本不知道什么叫"面对现实"。她的脸皮和大象皮一样厚，只要没人拿她那狗屎一样的成绩说事、她的脸上不爆痘痘、她的零花钱够用、她的好朋友伍茨能乖乖地跟在她后面忍气吞声，她就跟头猪一样满足。毫无疑问，我对于伍茨怎么会这么乖这件事，完全没法儿理解。因为他是个聪明、理智的人，完全可以找一个比我姐姐好得多的姑娘当朋友。她真的没什么值得夸奖的地方，而且，也完全不是那种会让人过目不忘的美女。

但是，我现在真的迫切需要一个能商量的人。因为我不知道妈妈到底知不知道这件事，假如她不知道，我也不确定她会不会想要知道这件事。

我也是因为一次不幸，偶然发现这件事的。三个礼拜前，那是一个星期二，傍晚，我去了市里，在一家大书店的旧书部看中了雷·布莱伯利（美国科幻、奇幻、恐怖小说作家）的双卷本小说。但是我口袋里一分钱都没有，因为我刚刚已经在另一家书店买了几本袖珍书。其实，就算我的零花钱再多三倍也还是不够用，因为那压根儿不足以让我买下所有我想买的书。

旧书部的营业员是个老派的人，如果不买单，他可不会帮我把那套布莱伯利的小说留到明天。他觉得小孩子都没什么记性，等到第二天肯定早忘了前一天想要什么！正好爸爸的公司就在离书店不远的地方，我决定去找爸爸要钱。对于买书，爸爸总是很大方的，而且我相信他现在肯定还在办公室，因为他就是个坚定不移的加班狂人。对他来说，生活中除了业绩、升职和压力，就没有别的乐趣可言了。

当我跑到他办公室楼下的拐角处时，正好有个人急匆匆地从大门里出来，你猜是谁？就是我爸爸！他径直朝一辆车子走过去，而那辆车，居然不是他的！一个女

人站在车边，他先亲了亲女人的左脸，又亲了亲她的右脸，然后他们一起跳进车里，绝尘而去。

我认识那个女人，她叫威尔玛·霍尔津格。三年前，她还是爸爸一个同事的女朋友。那个同事带这个威尔玛来我们家吃过两次饭。还有一次，她和爸爸的老板在一起，那是在一个夏日晚会上，我们也受邀参加了晚会。但那时她已经是另一个人的女朋友了，是个秃头的小伙子，妈妈说他有一颗"善良的心"。

可能我后来做的事确实不太光彩，但我得把事情弄清楚！所以，我每天下午五点左右都在爸爸办公室楼下的转角处蹲点。我发现，这位"全世界缺他不可"的波佩尔鲍尔先生周一、周三和周五确实在加班，但周二和周四却准点下班去和威尔玛·霍尔津格见面，然后，由她开车把他带走。我猜想她会在半夜再把他送回办公室，因为他自己的车一般都停在办公室附近。然后，他再开自己的车回家。

掌握这些情况后，我基本上也能推断出，爸爸周末其实并没有和同事去钓鱼，而是和这个威尔玛去度假了。我当然没有确凿的证据，但能推断出来！首先，爸爸从来没带回过一条鱼。他要么是说"什么都没钓到"，要么就是说把钓到的鱼给同事了，因为那条鱼对我们五个人来说太小了，而且我们也不喜欢吃鱼。其次，他从来不带鱼饵出去。如果有人问他为什么不带，他就说他同事君特会带的，他能弄到不错的鱼饵。再次，每次钓完鱼回来，他那双橡胶靴都是干干净净的。要说我爸爸会在回家前把他那双沾满烂泥的靴子擦干净，认识他的人恐怕没一个会相信。爸爸从来不整理自己的东西。他不仅从来没有在洗完澡后把浴缸擦干净过，还经常把湿漉漉的浴巾扔在地上。他的臭袜子脱在哪儿就扔在哪儿，经常是一只在厕所，一只在客厅的长凳前。要是哪天他高抬贵手把脏杯子放进了洗碗机里，他就觉得自己简直是完美好男人了，应该给自己颁个巧手奖。

坦白说，妈妈肯定也注意到我归纳的这些事情了。但我没法儿判断的是，我的母亲大人到底是真没看出来呢，还是克制着假装无动于衷。周六，当爸爸又一次说出门去钓鱼时，斯皮迪跑来问他去钓的是哪种鱼，大的还是小的，胖的还是瘦的。我挖苦地说道："是一种威尔玛鱼，亲爱的弟弟！"

结果斯皮迪哭闹起来，他觉得根本没有一种鱼叫威尔玛，我又在把他当傻子要。为此，他居然还特地跑去找妈妈求证。我一直在暗中观察妈妈的表情，她非常淡定地告诉斯皮迪，她也没有听说过一种叫威尔玛的鱼。

她的表情没有丝毫改变，甚至连一点点惊讶的眼神都没有。

我没法儿想象，妈妈要是知道她的大儿子早就发现了自己父亲的"风流韵事"，她还会这么淡定吗！她不是这样的人！这下子，我的问题来了！我真怕她哪天会怪我："要是我早知道这件事，我肯定会做点儿什么，采取

措施控制住局面！但我什么都不知道，根本没有人告诉我。这下可好，我的婚姻毁了！"

虽然，当我遇到复杂的人生问题时，伍茨都是与我商量的最佳人选，可惜我没法儿和他讨论这件事。因为他是私生子，一直没有父亲，所以根本不了解这种事。至于外婆，通常情况下她都是一个挺有智慧的人，但这件事也不适合对她说，因为她本来就不喜欢爸爸。就凭她对爸爸的厌恶态度，肯定立马就把所有事都告诉妈妈了，根本不会去想这么做合不合适。至于奶奶——爸爸的母亲，就更不适合对她讲这种事了！她那么谨慎、老派，要是让她知道自己的孙子发现自己的儿子有了情人，简直就跟扇了她一巴掌似的。据说，我爷爷——她的丈夫二十年来一直有个情人，而她居然都没有发现。总之，爸爸有一次讲过这件事。所以，我只剩下卡利这个选择了。不管她愿不愿意，我都得让她面对现实！

盲目乐观的人既不凭论据说话，也不凭事实说话。

如果他们不想知道某些事，就索性装作看不见！

一开始，当我把"威尔玛鱼"的事告诉卡利时，她非常肯定地说我一定是"昏了头了"，而且对我像个跟踪狂一样的恶劣行径感到非常气愤。但由于我非常坚持，她决定周四和我一起去爸爸的办公室门口蹲点。不过，她肯这样做，也只是为了证明我的怀疑有多可笑。当我所说的一切都摆在她眼前时：汽车、威尔玛、亲吻，她也只是愣了几秒钟，然后深吸一口气，在回家的路上罗列了上百个理由，为爸爸定期和威尔玛见面这件事开脱。熟人之间互相亲一下也很正常，没必要想歪。而且，就算他们真的有什么不可告人的关系，也没什么好担心的，因为那个威尔玛根本没妈妈漂亮。在婚姻里，每个男人都会有点儿小心思的。我们最明智的做法就是当这件事没发生过，傻子才会把它告诉妈妈！

我当然知道最好暂时别把这件事告诉妈妈，最近她已经够烦的了。她的合伙人刚丢下了她。这个合伙人叫

特蕾莎·夏洛塔，是个真正的笨蛋，她和妈妈合伙开了
一家毛线店。三年前，妈妈和这个特蕾莎·夏洛塔租下
一间破破烂烂的店面，把它装修好，备满了各种羊毛产
品，因为当时针织产品又流行了起来，开一家毛线店很
应景。但一则，不久后，距她们的店面两个拐角的地方
又开了家更大更漂亮的毛线店；二则，夏洛塔和房东签
的合同条款很差，房租涨了不少，可律师说，根据合同，
房东完全可以这样做。所以，这间毛线店并没有成为妈
妈和她的合伙人梦想中的金矿。爸爸甚至断定，在我们
整个家庭财产中，这间店铺是负收益的，它根本没有带
来任何收入，全是支出。更糟的是，妈妈的这个合伙人
一点儿都不靠谱。本来她们说好，妈妈上午去店里，她
下午去。但事情根本不是这样的。每当下午轮到那个合
伙人去店里卖毛线、向客人介绍针织样式时，她就会有
事去不了。现在倒好，她索性直接飞到美国去了，而且
一去就是四个礼拜。所以，妈妈不得不每天下午也在店

里待着，一直到六点钟。等到下班，她就没时间再去买晚饭的食材了。

买菜的任务只好由我和卡利来承担。但每天下午光是照顾斯皮迪就有点儿为难我们了。这家伙不但从来不听我和卡利的安排，而且就像长袍上的虱子一样令人讨厌！我们得一直陪他玩，要让他一个人去看电视根本不可能。就算他肯看电视，也得有人陪着，握着他的手才行。而且，每次妈妈回来的时候，他还要抱怨我们对他不够好！他也不喜欢让奶奶照顾。不过这也是能理解的，因为奶奶觉得我们三个"完全没有教养"。每次当她来照顾斯皮迪时，都要一次性把所有与教养有关的话题再讲一遍。该怎么吃饭，怎么擤鼻涕，怎么坐（不能懒洋洋地靠着），怎么和大人说话，如何守规矩，还有怎么做家务，等等，简直是一堂集训课。

有一天下午，当她来我们家时，甚至还把我的一个同学赶了出去，他只不过是在吃点心时弄洒了可可粉，

就被她骂得狗血淋头。简直不可理喻。她说他不是我应该结交的人。而且，她还总是向妈妈抱怨，在没有大人监管的情况下，让卡利和伍茨待在同一个房间里不好，这不合适！她的生活里只有两类事，"合适的"和"不合适的"。但到底为什么合适，为什么不合适，她也说不出个所以然来。所以每次被追问时，她总是脸一沉，不高兴地说："不许没礼貌！"

事实上，只有外婆真正和斯皮迪合得来。但她住得很远，在城市的另一端呢。每次到我们这里来，她都要坐很长时间的电车。而且她的身体也不太好，我们不能让她每天跑那么远过来。所以，我可怜的小弟弟暂时就只能像个包裹一样被扔来扔去了，一会儿在外婆那里，一会儿由奶奶来照顾，一会儿在毛线店里，一会儿又由卡利或我来照顾。这对他来说肯定也很不是滋味。

可能我这样有点儿虚伪，一边很同情斯皮迪，一边在照顾他的时候又没有对他好点儿。但事实就是这样，相较于实际的爱，我宁可对他抱着理论上的爱。一旦他远离我的视线，不来烦我，我就很能理解他了。但他要是在我面前晃荡，我就恨不能把他送到月球上去，因为我可能会忍不住把他"弄死"。

说到"弄死"，还有一个人，我也恨不得"弄死"，他，就是我的数学老师。简直没有比他更口是心非，更官僚主义的老师了。他总是浮夸又充满激情地宣扬同学情谊，要大家互帮互助，互相友爱，但当我们真的这样做时，他又改变主意，气急败坏了。请问，对于一个数学总是不及格的学生来说，还有什么能比一张可以让他抄答案的小字条更能体现同学情谊的？当然没有！出于这种友好的考虑，在最近的一次数学测验上，我给我的同桌保利提供了一点儿小小的帮助。他在数学上简直一窍不通。我把他那组试题的所有答案都算出来，并且写在吸墨纸上推给了他。你猜这个笨蛋干了什么？他开开心心地把四道题的答案抄好，兴奋地咕哝了一阵后就合

上本子交了上去，但是，他忘了那张小字条还夹在里面！他根本就没想到要把它撕掉！作业本发回来之前一切都很平静，我以为应该没事。然后，数学老师来了，抱着那堆作业本，样子搞笑极了。他从本子堆里抽出保利的那本，又从里面拿出那张写满字的吸墨纸，凶巴巴地在我眼前晃着问我有什么可说的。

我能说什么呢？对不起，我以后再也不这样做了？还是卑躬屈膝地说些鬼话？我最好还是闭上嘴，什么都别说。但数学老师一直在刺激我，非要让我说出点儿什么来。于是，我一脸友善地回答了他："这是个意外。"

谁知道他更生气了，我只能说："真的是意外，保利太激动，把字条留在作业本里了！绝对不是故意的。"

数学老师火了，向我提出警告。我又问他警告我什么。他简直怒不可遏，说我不要以为自己学习好就能为所欲为。我又说他不该对我嚷嚷，因为我可能没法儿承受这种吼叫。他吼得更起劲了，完全不觉得有什么不好

意思的。他说他受够了。事实上，我也受够了。我从书桌里抽出书包，夹在胳膊下就走出了教室，虽然我本来还有三节课要上，但我还是头也不回地走出了校门。

我觉得，人们好歹也该限制一下老师的权力吧！

数学老师当然也采取了行动，现在，他打算反将我一军。他向班主任好好告了我一状，不仅要求爸爸为我缺席了三节课而道歉，还要让他亲自去学校谈谈。

我可没打算让爸爸去学校。我倒不是怕爸爸知道那件事，他其实并不在乎老师们的抱怨。我想到的是一个好玩的点子，我脑子里装着一堆这种精心策划的玩笑。

班主任会收到一封认真撰写的道歉信，用的是爸爸的信纸，上面还有爸爸的签名！我都已经想好信的内容了：

尊敬的比慕斯老师：

我教育我的儿子从小就要做一个乐于助人的孩

子。所以，他觉得有义务用自己的知识去帮助一名学习有困难的同学，虽然老师可能并不认同这种做法。

此外，我还要为他缺了三节课向您道歉。因为我总是教育我的儿子，如果有人朝你大吼大叫，别想着吼回去，走开就行了！

顺致崇高的敬意！

雷纳·波佩尔鲍尔

可惜，我在打字方面是个新手。要要这个把戏，我不仅需要这封信，还得有几份同样用打字机打的文件。目前对我来说，就算只是打一行完全没有错别字的内容也不太可能，何况我们那台打字机还没有纠错功能。但这封信我肯定得写得准确、高雅，否则比慕斯老师绝对不会相信这是拿了硕士学位的波佩尔鲍尔先生写的。

得让卡利来打字，她非常精通盲打。

就这样！我已经准备好了所有文件。一封写给比慕斯老师的信，一份让我参加口服接种小儿麻痹症疫苗的通知，一份家长会通知单，还有一份关于学校牛奶涨价的通知。另外，我还和卡利打了个赌。我赌五十先令，爸爸会给我那封信签名。

"他这辈子都没干过这种事！"卡利断言说。那是因为我没向她透露我的计划！爸爸肯定会签的，而且就在今天晚上。今天是星期四，"威尔玛鱼日"。他肯定会在半夜才回家，一副刚加完班疲惫不堪的样子。我会在前厅等他，把所有要签字的文件一起给他。学校牛奶涨价的通知放最上面，然后是家长会和接种疫苗的通知，给比慕斯老师的信放在最下面。我会跟他说，这就是学校里一些无关紧要的公文，我之所以要半夜等着他签字，是因为我早上总是睡过头，怕忘了这事。而他呢，肯定会因为良心不安（这一点我非常确定），草草地扫几眼就签字的。如果他真的认真读起来，我肯定能在他读到最

后一份信件前就想到办法转移他的注意力。让他真的看到给比慕斯老师的信并来问我是不是疯了，这种事是不可能发生的。

　　给比慕斯老师的信已经完全没问题了。正如我所料，我一直等到过了午夜十二点，等得哈欠连天，爸爸才回来。他先是很惊讶，为什么我没有直接把这些东西交给妈妈去签字，因为学校里的事通常都是由妈妈来处理的。我告诉他，因为妈妈一整天都在头疼，而且很早就进卧室了，我不想打扰她。随后，我又用一种责备的口吻加了一句，妈妈最近老是头疼。他肯定听出了我话中的潜台词——妈妈头疼得怪他。这让他很尴尬，连关于牛奶涨价的通知都没仔细看，而接种疫苗那份更是只看了第一句话。他匆忙签完了所有文件，一边还嘀咕着，就因为这些不必要的官僚主义，每天都有一片树林死掉。这时，妈妈也从房间里出来，对爸爸说了声"早安"。爸爸

有点儿恼火，辩解说哪有这么夸张。他说得也没错，一点差十分确实还不适合说"早安"。我拿着爸爸签好的文件赶紧回了房间，除掉给比慕斯老师的信外，我把所有纸张都扔进废纸篓后便躺到了床上。但我是过了一会儿才睡着的，因为爸爸妈妈又在客厅里吵了起来。当然，争吵声并不大，平缓得像是友好的交谈，所以其实也没怎么影响我的睡眠。

我总是在想，一对有了孩子的夫妻，如果不再相爱了，该怎么办呢？我真的想不出来。好吧，我觉得，如果妻子和丈夫实在没法儿忍受对方了，那他们完全有权利分开！就算在不能离婚的中世纪也应该有这样的权利！但在现实生活里，我真的没法儿理解这种行为，因为孩子也会被分开啊！不管是卡利，还是我和斯皮迪，我们都不想和爸爸分开。但是，如果只是为了孩子，两个完全无法忍受对方，就算看一眼都觉得厌恶的人还要待在一起，我也觉得不能接受。也许，最好的办法是所有准

备结婚的人都得先通过一个长情测试，只有合格了的人才有资格生孩子。

但是仔细想想，如果真的有这种长情测试，又该是什么样子的呢？不久前，奶奶来我们家时，我就听到她在门前的花园里和邻居聊天。我听到她说："女人们开始有工作，能赚钱，相信自己能独立生活了，也就开始抱怨了！但我们还是得顺从啊！要是没有人养，我们会变成什么样子呢？"

我所认为的长情测试绝对不该是这样的。

我觉得，要想通过长情测试，得是一个真正好的人，因为只有当一个人是真正好的人时，他才能做到平等地爱所有人，不管对方有多么奇怪。但要做到这一点，他就需要非常善良、包容和善解人意，我的爸爸妈妈都没法儿做到。而我也是最没有资格要求别人做到这些的，因为我自己也完全没法儿做到善良、包容和善解人意，而且，我觉得自己在将来的成长中应该也很难培养出这些品格来。

当看到比慕斯老师在看爸爸的信时的那副表情，我就觉得所有的辛苦和努力都值了！他愣愣地盯着那张纸，感觉马上就要世界末日了一样。他足足看了有十分钟的样子，然后，他折起那封信，塞进了夹克口袋里。随后的德语课，他一直表现得心不在焉，甚至忘了给我们布置作业。同学们当然知道这和我的那封信有关，都很好奇我爸爸到底写了什么。我没告诉他们，于是我又成了一个"傲慢的混蛋"。我真不是这样的！我只是不想被当成"什么都敢做的家伙"。这对我来说有点儿太夸张了，虽然遇到这种事时，我确实比大部分人都要胆大一点儿。一来，对于像我这种成绩那么好的人来说，反正不会发生什么太糟的事，而且也不需要担心什么讨厌的考试。二来，我也不用怕爸妈会惩罚我，在这一点上，我爸妈都做得超棒，他们从来没打过我耳光，也没把我关过小

黑屋或不给我零花钱。顶多，也就是妈妈有时候会忍不住骂我，或者爸爸假装不爱我了，不理我。

我们班里大部分孩子就没那么幸运了。比如保利，他拿着不及格的成绩单回家时就被打过耳光。还有一次，当我们一起走出校门时，他妈妈居然等在门口，看到他便立马冲上来打他，就好像他是条喷火的龙，而她则是屠龙的勇士。保利根本没法儿自卫，只能用胳膊挡着脑袋。就这样，那个"泼妇"还是把他的鼻子打破了。直到一位老师从学校里出来大声喝止了她，那个"疯女人"才住手。那之前也有好多大人路过，但都没人插手。虽然我们有法律禁止家长打小孩，但这种事还是很普遍啊！只有在大人把孩子伤得很严重时他们才会受到惩罚。虽然打小孩耳光违法，但是大人却不会因此被惩罚！

如果做了法律禁止的其他事可以不受惩罚吗？就我所知，不可以！我在报纸上读到过，对于打孩子的家长，劝解是更理智的方法，可以让心理学家和社工帮助他们找到正确的教育方法。好吧，听起来棒极了！但是当有人偷东西或醉驾或做了其他违法的事时，执法的人怎么就没这样做？为什么他们就会马上受到惩罚？

我妈妈经常说我想太多。但事实上，我觉得自己想得太少了，否则我早就弄明白为什么会有这种不公平的事了，还有为什么到现在都没有消除这种不公平。毫无疑问，我不能理解为什么大部分我认识的孩子都没有站起来反抗这种不公平。比如保利，他就默默承受了这样的暴打，甚至还区分了"该打"和"不该打"的耳光。当我跟他说，没有人该被打，他应该想想自己的人权时，他看我的表情就好像我是从外太空来的。当然，我可能确实是站着说话不腰疼。我没法儿想象如果保利把这样一封信交给比慕斯老师，当我们的校长沙博尔在办公室里大声训斥保利的爸爸，问他那封信是什么意思时，保利会遭遇多么可怕的事。

我爸爸的表现非常冷静，而且机智极了。一开始，

当他的秘书告诉他沙博尔校长打电话找他时，他吓了一大跳，以为卡利或者我遇到了什么可怕的事。被车撞了？还是在健身房里摔下来，撞破了脑袋？当知道只是一封信的问题，我们都很健康时，他明显松了一口气。很快，他就反应过来这封信肯定是我写的。但他没告诉沙博尔校长，只是说他在写信时"心情有点儿独特"。因为他没看到过那封信，所以也没有花太多时间解释，他只是对沙博尔校长说得马上去参加一个董事会。沙博尔校长表示理解，但同时又要求爸爸去一趟学校。

爸爸可不想去学校见沙博尔校长，他不喜欢学校，毫无疑问。他从来就没去参加过一次家长会，每次都是妈妈去的。但这次妈妈去学校其实是不合适的，她那歪歪扭扭的签名和那封信上漂亮的签名不一样。

爸爸的理由是，他不能去学校，否则百分之百会被发现那封信不是他写的。所以，为了保护我，他得远离学校。当然是胡扯！我的信完全没问题！任何一个理智

的父亲都可能写出这封信来！不过，爸爸到底去不去学校，我其实无所谓。只有妈妈表现得异常激动，所以早餐时"每日一吵"的主题就变成了这件事。事情的结局是，爸爸骂妈妈是"母牛"（译者注：原文 Kuh，德语中非常粗鲁的骂女人的话），然后卡利又来说我："他们吵起来都得怪你！"

我也毫不示弱："毫无疑问，根本不是这样！就算不是因为我，他们也会因为别的事情吵起来的！想吵架的夫妻还怕找不到理由吗？"

但一个盲目乐观的人是看不到这一点的。她仍然觉得爸爸妈妈的婚姻完全没有问题，毫无疑问，偶尔吵个架也很正常。

我一定得戒掉这可恶的"毫无疑问"，根本是完全没意义的词。但另一方面，我们家每个人又都坚定不移地喜欢用"毫无疑问"这个词。这样看来，我们至少也有一个共同点，有一个"毫无疑问"的共同点总好过完全

没有。

妈妈决定自己去见比慕斯老师。虽然这样做毫无意义，她还得把店关掉，但她完全不听劝。最后，她找了个姑娘临时帮她看店。开车去学校，聊完再回来，至少得花三个小时，她得付给帮忙的女孩三百先令。早知道我这封有趣的信最后会给家里带来三百先令的亏空，我一定忍住不这么干了！

除掉亏空带来的痛苦，这是一个颇值得纪念的上午。第二节课一下，我就像疯狂的罗兰①般匆匆跑去会客室。我想在妈妈从会客室里出来前等着她，听听事情发展如何。但我刚跑下楼梯，就看到妈妈才刚走进比慕斯老师

———————————

① "疯狂的罗兰"出自长篇骑士史诗《疯狂的罗兰》，作者阿里奥斯托是十六世纪意大利著名诗人。

的会客室。好吧，这对她来说也正常，妈妈总是习惯性迟到很久。我本打算先回教室算了，但转念一想，这毕竟是关系到我的事情，所以我又决定留下来。

我走进会客室，比慕斯老师当然想立马把我赶出去。他说这是和家长的谈话。我心平气和地向他解释说，我觉得还是三个人一起谈比较好。这是真的！他向妈妈抱怨我，妈妈回到家还要把他的抱怨转达给我，我又得向她解释我的想法……她又得回学校，向比慕斯老师转达我的想法……这对她来说完全就是在浪费时间，白跑一趟啊！

比慕斯老师觉得这纯属无稽之谈，但妈妈表示理解，因为我非常强硬地看了她一眼。她对比慕斯老师说，至少我们可以试一下。虽然比慕斯老师认为这并没有什么好处，但因为不喜欢争执，他还是屈服了，带着一副好像被心绞痛折磨的表情说："如果您觉得可以，就一起吧！"

他猜对了！三方会谈简直荒唐，根本没法儿达到目的！这都得怪我妈妈！在这以前，我还从没听过妈妈和

老师谈话呢，我简直被震惊了。完全没有尊严，只能用卑躬屈膝来形容！尽是些虚伪、谦卑的恭维话！她讨好地说比慕斯老师是个多么好的老师啊，他了解他的学生，大家都觉得有他做我们的班主任是我们的幸运！她最感谢的是他培养了我对文学的兴趣，这将是我一生的珍宝！

她不停地给他灌蜜糖，而他也喜滋滋地照单全收！每当我提到正事，妈妈就会立马打断我，然后极力解释说这不是我的本意，说我正处于青春期，讲话有点儿粗俗，而且想法可能比较激进，比较叛逆，不肯接受任何教导，就算为我好的也是。

我只能闭嘴，不然我的争吵对象可能就要从比慕斯老师变成妈妈了，学校的会客室可不是个适合对妈妈发脾气的地方。经过半个小时的协商，比慕斯老师和妈妈达成了一致：比慕斯是个好老师，妈妈是个好妈妈，我是个好孩子，整个教学体系（除了一些小缺憾）也是现有最理想的。终于，比慕斯老师和妈妈互相握了手，他

热情满满地宣称，他心里是非常牵挂那些心思复杂的孩子的，也一定能教会他们适度地控制自己疯长的青春期。至于我嘛，我这么聪明，肯定很快就能做到的。然后他又摸了摸我的头才匆匆离开。

妈妈对她所取得的胜利倍感骄傲！直到现在她还在为她的连篇鬼话沾沾自喜！虽然我不想这么说，但事实就是，她本质上和比慕斯老师一样撒了谎，不诚实。他一面宣扬互帮互助、团结友爱，一面又对有困难的人不管不顾；而她呢，一面宣扬正直、诚实，一面又在自己认为需要的时候撒谎、阿谀奉承！

伍茨觉得，我们长大后，也会变得和他们一样。这是他看了他妈妈的日记本后总结出来的。那是一本非常古老的日记本，是当他妈妈还是小女孩时写的。伍茨说，要是他妈妈现在还能保留那时她写在日记本里（满是拼写错误）的那些观点，他一定会超爱她的！

伍茨觉得最糟糕的是，她妈妈重新看自己的日记本时居然忍不住大笑起来。"她至少应该哭啊！"伍茨说，"那说明她至少知道，随着时间的流逝，她丢失了多么宝贵的灵魂！"

可惜我妈妈小时候不写日记，我也就无从判断她到底是在长大的过程中丢失了应有的道德，还是她从来就没有过。

卡利这个无耻的家伙现在坚决不承认我们为爸爸的信打过赌，连五十先令都没赌过！她说，因为我们不能赌钱！而且我也没有光明正大地赢，因为都是骗局。她说得好像这和我们打的赌有关系似的！我们赌的就是爸爸会不会签字，事实是他签了啊！但最让我生气的是，她根本没钱！而且她已经在妈妈那里把下下个月的零花钱都预支掉了。卡利就知道买各种颜料，不是用来画画的颜料，是用在脸上的颜料！我已经在浴室和她的柜子里找到过九支口红、八盒眼影和十二支眉笔了。

　　我姐姐花在她那些化妆品上的所有钱已经够一百个非洲小孩生活了。当然，我花在书上的钱也差不多，但我至少会去读，而且我热爱它们。但卡利不一样，她总是把自己画得像个马戏团里的小丑，然后出门前又把它们都擦了。

　　她总是对我说，她这是在找适合自己的风格。我不是很懂她的意思，我就当她是想改变自己的风格吧。因为她不化妆的时候就是个"容貌中等的路人"，她当然会想要采取点儿措施来改变这个状况。

　　对于化妆这件事，我特别无法理解的是：虽然我还没有亲过女孩子，但如果一定要亲的话，我肯定会找一个脸上没有各种颜料的姑娘。这些染成红色的化学油脂吃起来肯定很恶心！不过也许女孩子们亲吻前会把这些东西擦掉吧。虽然在电影里她们并没有这样做，不过人们在现实里会做的很多事情在电影里都没有出现，比如在电影里就几乎没人上厕所！

斯皮迪去哪儿了

斯皮迪讲述的故事

周一，爸爸对我说："斯皮迪，星期六上午我们去超市！"

因为他知道我很喜欢去超市。星期三，我还问他周六我们去超市他会不会给我买橡皮蛇和爆米花，还有棒棒糖。

"当然啦，斯皮迪！"他说，"我们要买满满两购物车的东西，你要什么就买什么！"

为了去超市，周六一大早我就准时起床了。这样，我们就能早点儿出发，而且超市停车场也不会停满了车。

上次我们去超市的时候，爸爸妈妈就不得不提着装得满满的购物袋穿过整个停车场，而且有两个购物袋的提手还断了。爸爸就开始抱怨说，毫无疑问，我们根本不需要买这么多东西。妈妈也不高兴，她觉得爸爸根本不该抱怨，因为全程都是他"像个傻子一样"在往购物车里扔东西。而且，毫无疑问，她讨厌超市！

阿尼和卡利刚出发去学校，我就已经梳洗完了。虽然通常来说，周六我会想睡个懒觉，因为我不用去学校，我上的小学周六不上课。

我对妈妈说可以出发了，但她还想冲个澡。浴缸边上有脏东西，是爸爸洗澡时弄上去的。妈妈就等着爸爸来把它弄干净。这就花掉了很长时间。然后爸爸又走进厨房，从洗碗机里拿出洗干净的盘子，但却被割到了手指——洗碗机里有玻璃碎片。葡萄酒杯不能放在洗碗机里洗。妈妈已经向爸爸解释过很多次了，但爸爸总是不注意这种事。于是，爸爸妈妈又吵了起来。后来，妈妈把爸爸拿出来的所有碗重新手洗了一遍，因为上面可能还沾着玻璃碴呢，要是不小心把它们吃下去就会得胃溃疡！爸爸却不这么觉得，他说他的胃溃疡都是吵架吵出来的。

我想趁他们吵架的时候把图画课作业做完。但是我的红色蜡笔老是断，已经太短，没法儿削了。我只能偷偷跑进卡利的房间，她的一个大铁皮罐里装了很多蜡笔。可惜那个罐子放在很高的架子上，旁边是一个打开的颜料瓶。我看不见它，只有跳起来才够得到那个罐子。不幸的是，颜料瓶翻倒了，绿色的颜料流出来，滴到了书本和各种杂物上。

我连忙跑出卡利的房间。毫无疑问，我姐姐一直禁止我在她不在家时进她的房间，但愿卡利会相信她的颜料瓶是自己倒掉的。不过这也是她自己的错，颜料瓶本来就该拧紧的！

我走进厨房，想跟爸爸说我们去超市时他得给我买新的蜡笔。这时，爸爸突然说他根本就没答应过我要去超市，他完全记不起来了！而且他也没兴趣去超市！毫无疑问，所有我们需要的东西都已经有了，我们就是些爱买东西的傻瓜！

妈妈说让我安静点儿，回自己房间去，别烦人，赶紧把画画完！

我对他们说，答应别人的事情就应该做到，但他们根本不听。

我可不喜欢这种恶劣的行为！每个星期一回到学校，其他孩子都会津津有味地讲他们周末和爸爸妈妈一起做了什么，他们的周末都过得特别有意思。我却只能说，爸爸出去了，妈妈在织毛衣，我很无聊！

没人有时间管我，我总是被踢来踢去的。因为我还小，所以总要有个人看着我，但他们都不喜欢做这件事，除了外婆。每次我和她在一起时她都很开心。

所以我很希望外婆能住到我们家来。但是她说不行，因为爸爸肯定不同意，而且她也比较喜欢住在自己的房子里，睡在自己的床上。外婆上午来我们家、下午再回去也不行，路太远了。

爸爸妈妈居然在星期六对我干了这么过分的事，我受够了！我决定搬去和外婆住。永远！虽然到学校的路会变远，但我能搞定的。

但我还是打算再给爸爸妈妈一个机会，只要他们在我打包完之前来房间里看我，我就继续留在家里。

我从柜子里抽出背包，把我最爱的漫画书、泰迪熊和随身听都放了进去。我又整理了一下书包，理出点儿空间来放乐高积木。但是爸爸妈妈并没有来向我道歉，对我说现在就带我去超市。

好吧，我背上背包，把四弦琴挂在肩上，一边胳膊夹着我的背包，另一边夹上我的遥控汽车。我还在裤子口袋里装了点儿泡泡糖，然后就大步走向了前厅。

我在前厅又站了一会儿，但厨房里的争吵并没有停。

于是我走出房子，重重地甩上了房门。在走到十字路口前，我接连回头望了三次，看爸爸妈妈有没有跟出来。但除了麦森盖尔太太和她的狗莫浦西，我什么都没看到。她看到我就大笑起来，问我这是要去流浪吗。

"是的。"我说。

她大笑着把莫浦西拉到路灯边，因为莫浦西只肯在路灯杆下尿尿。然后我又遇到了普利比尔太太。我想问问她该坐什么车去外婆那里，要在哪里换车，因为我自己不知道，我一直都是坐妈妈或爸爸开的车去外婆家的。但普利比尔太太只说了句"你好，斯皮迪"就走了。所以，我只能在街角那里问了位完全陌生的太太，她给我指了路。她说我得在体育馆那里坐电车，就在斜对面，坐四站路，然后下车换地铁。那位太太还想知道我为什么一个人带着大包小包出门，但我很快就继续朝前走了，至于她嘛，这事也没重要到会让她想追上来问个清楚吧。

当我来到主街上，走到蛋糕店对面时，我听到有人在喊"斯皮迪，斯皮迪，斯皮迪"，然后卡利从街对面跑了过来。"你在这里干什么？"她问，"你把所有东西都扛在身上干吗？"

我回答她说："因为我要搬出去住！永远！我要搬去和外婆住！"

卡利抓住我的背包带，把我拉到了马路对面的蛋糕店那里。伍茨和罗希都站在门口。她对他们说我肯定是疯了，居然要离家出走。

罗希一脸坏笑。伍茨却说："我们冷静下来好好谈谈。"

我们走进了蛋糕店。为了省钱，卡利并不打算给我点些吃的喝的。于是，伍茨向她借钱，给我点了一杯可乐和一片吐司。毫无疑问，他还是很好的！他说，搬去和外婆住是我的权利，这和卡利没有任何关系。

卡利说这当然和她有关，要是爸爸妈妈知道她看到了我却没有把我带回家，肯定会骂她的。

可恶的罗希当然同意她说的。而且，卡利还把我当成一个傻子。"他自己一个人肯定找不到外婆家。"她是这样对伍茨说的。

"那我们一会儿把他带过去。"伍茨说。但卡利不同意，她不想当共犯。

我向卡利保证，我绝对不会出卖她，我们在街上碰到过的事情我一个字都不会透露的。况且，我还从没有泄露过秘密呢。

讨厌的罗希对伍茨说，不能太把我这样的小鬼当回事，但伍茨说，他很重视我的事情。

"你们对他太坏了！"他对卡利和罗希说。

卡利总算对我好了点儿，当然是为了伍茨。我举起手对天发誓，我会对所有人说是我自己找到外婆家的。于是伍茨、罗希和卡利带着我一起坐电车到了地铁站，直到把我送上正确的站台才离开。

坐地铁其实很简单，因为只有一条路线，我只要不

上错车就行。而且我也不可能下错站，因为我得坐到终点站。

但从地铁终点站到外婆家的路却有点儿难找。我走错了方向，不知不觉竟然走到了动物园门口。但从那里出来，我就看到了教堂的尖塔，外婆就住在那个教堂边上。我看着教堂的尖塔一直朝那个方向走，路上绕了好多弯路，因为中间还隔了好几个街区呢。

等我走到外婆家门口时，我感觉左脚有点儿疼。我的左脚比右脚要大一些。而我穿的鞋子还是去年的，右脚穿着刚好，左脚就有些挤了。妈妈一直没时间带我去买鞋子，她不停地拖啊拖啊，从这个礼拜推到下个礼拜，也许要等妈妈那个可恶的合伙人回来我才能穿上新鞋子吧。没有哪家鞋店比妈妈的毛线店关门更晚，也没有哪家比它开门更早。妈妈想让爸爸带我去买鞋，周六或者平时他准点下班的时候。但他从来没有准时下班过！等到星期六，就算他不去钓鱼，也没兴趣带我去买鞋子，他说他不懂小孩子的鞋！这有什么懂不懂的？我自己去找鞋子，他只要付钱不就行了！

我没想到外婆去度假疗养了！卡利肯定也不知道，不然她就不会带我去坐地铁了。我到的时候很惊讶外婆居然不在家，这时正好是中午，商店都关门了。

我想她可能是去散步了，但也没人能告诉我外婆到底去哪儿了。我把周围所有的门铃都按了一遍，也没人开门。我只好坐在过道的窗台上，等了很久很久。

过道窗开着，窗前立着泥瓦匠的脚手架。外婆房子的后半间刚刚粉刷过。我透过过道窗看到外婆的厨房窗户开着。

不知道为什么大家听到这件事后都那么激动！从过道窗那里沿着脚手架走到厨房窗口很容易啊，而且我也不恐高！就是我的泰迪熊差点儿掉下去，但它又没有骨头，所以根本不用担心会摔坏。

我在外婆的客厅里舒舒服服地安顿下来，把东西从包里拿出来，拧开收音机，拿出饼干。后来，我听到公寓的门开了，我想，外婆终于回来了！

但来的却不是外婆，爸爸妈妈和卡利一起进来了。我对爸爸妈妈说，从今以后，我就住在外婆这里了，因为她说过的话都能做到，而且她也不会和别人吵架。我压根儿没说是卡利带我去地铁站的。妈妈说："我们保证，从今天起，爸爸妈妈再也不吵架了！"

爸爸说："从现在起，我们也会说到做到，我保证！"

我根本不相信他们，可是因为外婆去疗养了，我知道自己只能回家去。但是我还不想马上屈服，我就说我要一个人住在外婆家里。爸爸打算没收我的钥匙，这样我就不能自己跑到外婆这儿来了。

"我没有钥匙。"我说。

"你难道不是打开门锁进来的？"爸爸说。"不，我是从窗户爬进来的。"我说，"从脚手架上过来的！我来回

三次才把所有东西搬进来呢!"

妈妈突然脸色惨白,爸爸也是!他们肯定从来没爬过脚手架,不然他们就会知道在那上面来回走几米的路根本不需要什么技术。

然后,外婆的邻居也激动起来,因为她被我们吓了个半死。正是因为这个邻居,爸爸妈妈才这么快就找到了我。卡利没有出卖我,她保守了这个秘密。是这个邻居给我们家打了电话,因为她隔着墙壁听到外婆的房子里有音乐声。她知道外婆出去了,不可能开着收音机,所以她就怀疑是不是进了小偷。真傻!小偷肯定会尽量不发出声音的,怎么可能放音乐!

邻居问妈妈要不要报警,因为有可能是小偷。妈妈让她先不要管:"我们马上过来。"

妈妈当然不相信会有小偷,她知道肯定是我在里面。听到这个消息她非常高兴,因为她已经到处找了我好几个小时,就怕我出什么事儿。

卡利说那个滑稽的邻居就等在她家的过道上。她非常激动，不停地颤抖着。她还警告爸爸妈妈不要进屋，因为小偷可能会打破他们的脑袋。

爸爸妈妈和卡利都忘了告诉那个邻居，房子里没有小偷。我们出去的时候，她还躲在自己的房门后面怕得要死，她很生气我们居然把她给忘了。

卡利还觉得有点儿失望，她就想出点儿大事呢。不过，当她得知我是爬脚手架进的房了时，还是感受到了一点儿轰动事件的味道。但爸爸妈妈要她别说出去。妈妈很受不了这个邻居，当她还是个小女孩，和外婆住在一起时，就受够这个邻居了。妈妈只要发出稍微大点儿的声音，她就会敲墙；要是妈妈在楼下院子里和别人家的孩子一起玩，这个邻居就会从过道的窗口向下喊，让那个孩子回家。而且，妈妈第一次和她的初恋男友在门背后亲吻就被这个邻居看到了，她立马跑去告诉了外婆，还对外婆居然没有为此给妈妈一个耳光而大感失望。毫无疑问，妈妈是没法儿忍受这个太太的。

爸爸很高兴找到我了，他说："我们去庆祝一下！好好庆祝！"

他们让我来决定该怎么庆祝，我马上就想到了一个主意。我一直很想去湖边，虽然开车过去要挺久的，但是我的计划本来也是在晚上活动。我们可以生一堆篝火，烤香肠和土豆，篝火在晚上会更漂亮。而且，天黑了之后我们还能看到流星。

一开始爸爸不同意，他说他只能在下午庆祝，晚上七点钟他已经和人约好了。而且，差不多每十年才能看到一次流星呢，怎么可能天天都看到！

但妈妈说服爸爸把约会推迟了。爸爸就是在外婆家附近街角处的电话亭那里推掉约会的。我们开车回家去接阿尼，顺便带上了土豆和很多很多的冷冻香肠，点火用的酒精和小木条，还有可乐、橙汁、桌布和面包。

那天过得非常愉快。天还亮着的时候，我和爸爸一起去找漂亮的鹅卵石，我们找了满满一大袋。阿尼真是个无聊的家伙，他没和我们一起，而是蹲在那里看书。这种事，他在家里也可以做啊！

天色暗下来之后我们生起了火堆，为了不引起火灾，我们还在火堆周围放了一圈大石块。香肠烤得很透，但土豆不太好，里面是硬的。不过我还是把它们吃了，结果就胃胀了。卡利和妈妈围着火堆分别唱起了歌，就连阿尼也唱了一会儿，因为火光太弱了，他没法儿看书。我就等着看流星呢，每十年才能看到一次肯定是不对的。我在电视上看到过，"每时每刻都会有数不清的流星落下来"，说这话的人是一家天文台的台长，在这方面他肯定比爸爸要懂得多。

但我还没看到一颗流星就睡着了，其他人也没有留意。只有阿尼看到了。不过妈妈说，我还是能许愿的，阿尼看到就等于全家人都看到了。

我许的愿望是希望卡利能相信那瓶绿色颜料是自己倒的，可能是被风吹倒或之类的。但我的愿望并没有实现。"别想争辩，"她对我说，"不管哪里发生了什么坏事，肯定少不了你！要是再发生这种事，我就把你的脑袋拧下来！"但她并没有真的对我很坏，可能是流星的关系吧。然后，她又对我说了些很奇怪的话。她说："斯皮迪，我觉得我们都要感谢你！"

"为什么？"我问她。

"你的震惊疗法生效了。"她说。但她没告诉我什么是震惊疗法，以及我什么时候做过这种事，因为伍茨来了。只要伍茨在，她就没时间应付其他人了。

于是，我跑去问阿尼什么是震惊疗法。他大笑起来。"你姐姐总把事情看得太乐观了。"他说，"她看到的事情都不对！"

"那实际上是怎样的？"我问他。

"正好相反，"他说，"好了，赶紧走开，我要看

书了。"

我一把将他那可恶的书从他手里夺了过来："好好回答我的问题，不然别想我把书还给你！你总是这样说些我听不懂的！快解释清楚，不然我把书撕掉！"

我拿着书爬上书桌，把它高高地举在空中，假装要把书页撕下来。不过，毫无疑问，我是不会这样做的。但阿尼信了，他很怕自己的书被撕掉。而且他怕来不及在我把书撕坏前抢回去，虽然他脑子很快，但手脚可慢了。

阿尼只好叹了口气说："好吧！震惊就是非常害怕！你离家出走的时候，爸爸妈妈非常害怕。等他们找到你，这种害怕就消失了，所以他们非常高兴。因为他们非常高兴，就又能忍受对方了，于是我们一起在湖边生起小火堆，和谐地庆祝。卡利以为，这种和谐会一直持续下去，所以我们要感谢你。懂了吗？"

"不懂，"我说，"我不知道什么是和谐。是什么

意思？"

　　但这时阿尼已经偷偷抓住我，把我从桌上拉下去并抢走了书。他用衬衫领包住我的脑袋，把我推出门，关在了外面。我只能去词典里找"和谐"是什么意思。但词典里的字很小，又密密麻麻的，句子也那么复杂，我还是不太理解。不过无论如何，应该是一种美好的东西，形容它的词有悦耳、优美、均衡。另外，它也可能是一种发出哨声的东西。

　　但这和我们在湖边的聚会、爸爸妈妈，以及震惊、害怕之类的有什么关系，我还是不知道。也许艾薇知道。她是我在学校里的同桌，她什么都知道。

蛋糕很好吃

卡利讲述的故事

谁能告诉我，怎样才能在不停被打断的情况下集中精神背英语单词！差不多每过不到半个小时，妈妈就要叫我去干这干那的。

"去药店给他买点儿维C泡腾片！"

"给他煮点儿甘菊茶，多放点儿蜂蜜，看着他让他喝下去！"

"给他量一下体温，然后打电话告诉我！"

"去看看家里的药柜里还有没有治喉咙痛的药，喂他吃一片！"

　　我觉得波佩尔鲍尔太太好像有点儿太夸张了。流感又不是什么会要人命的大病，而且我弟弟好像对生病这件事还挺自在的。反正，他只要有书看就能活得好好的。

　　而且，我妈妈要是真的这么关心她那得了感冒的亲爱的阿尼，就应该把她的毛线店关掉自己回来照顾他。她又没有老板，就算不去上班也没人会炒她鱿鱼！

　　毫无疑问，那家该死的毛线店早该关掉了。妈妈为它忙前忙后的，什么都没赚到。我能理解妈妈那种心情，受够了做家庭主妇，最终好不容易找到点儿她感兴趣又能赚钱的事。妈妈和特蕾莎·夏洛塔刚装修完那家店时，我还天真地觉得很棒：那些五颜六色的柔软的毛线，那装饰得非常有趣的橱窗，还有妈妈织的有十二种颜色的毛衣，简直太美了！

　　但很快事实就摆在了眼前，开这样一家店并不好玩，还要操很多心。可笑的是，妈妈总固执地说："我想自己赚钱！"但她自己也不得不承认，这家店根本没赚到钱。

她赚的钱正好只够还装修时借的贷款。爸爸赚很多钱，而且一点儿都不吝啬，妈妈完全可以心安理得地把一半的钱当作她自己的，足够她过很好的生活了。

但我也不想表现得不公平。我能想象，妈妈对她的生活并不满意。当年，她刚上完高中，在学意大利语和俄语，准备未来当一名同声传译员，却在大学第一年就结束学业匆忙结婚了。想想这样的经历，确实让人笑不出来。

而且事实也确实是不公平的！爸爸那时也才刚上大二，但他继续上学了。爷爷奶奶每个月都拿出不少钱来供爸爸妈妈生活。那时我还很小，不需要花很多钱。

妈妈对我说，她那时坚定地以为自己会继续攻读语言学学位的。只要等到爸爸完成学业，开始赚钱，等我长大一点儿上了幼儿园，她就能继续学习了。她没有把我送到外婆那里，因为那时外婆还没有退休。

但就在爸爸结束学业前，阿尼出生了，于是妈妈放弃了理想。养两个孩子，还要上大学，妈妈觉得她做不到。

虽然，我们家的整体氛围比较开明，但也不是所有话都能和爸爸妈妈讨论的。所以我很想知道，既然我和阿尼完全不在妈妈的生活计划里，为什么我们会出生呢。我肯定不能问出像"妈妈，你为什么不计划好我的出生时间呢"这样的问题，而且就算问了肯定也得不到真实的答案。

我们家里人很少会给出真实的答案（除了阿尼，他太真实了，所以总让人觉得有些无理）。爸爸妈妈总是喜欢把问题遮掩起来，但又没法儿遮得那么严实，我们还是能嗅到问题的气味。最近一段时间，最明显的问题就是一条名叫威尔玛的鱼。很长一段时间我都不想正视这个问题，但阿尼把它推到了我眼前。我只能不停地对他说："你在胡说八道，爸爸才没有情人！"

但可惜的是，阿尼并没有胡说八道。爸爸确实钓了

这么一条鱼！而且最近他都不费力掩饰了。每到周末，他都懒得拿钓竿装装样子，直接说声"再见"就出去了，还故意假装没听见斯皮迪问他去哪儿。斯皮迪就跑去问妈妈，妈妈只能说："这得去问你爸爸！"

但目前为止我还没看到事情恶化的迹象，我相信威尔玛鱼只是一段插曲，是插曲就会过去的。也许很快这条鱼就会厌倦爸爸了！她和爸爸的同事们都只纠缠了一年，和那个秃头在一起也只有一年。要是她和爸爸也只持续一年，我们很快就能摆脱这桩丑事了。如果我和阿尼猜得没错，假设威尔玛事件是从爸爸对周末去钓鱼这件事表示出兴趣开始的，那一年就快到了。

不，又来了！现在电话每隔五分钟就要响一次！如果还是妈妈，我真的要发疯了！

当然还是妈妈！这回她想知道阿尼的体温有没有升高。当然有升高啦，我都知道，发烧的时候，下午的体温会升高。她问我要不要叫医生，这我怎么决定得了呢?

阿尼的体温升到了 39.6℃。我用手电筒照了照他的喉咙，红肿的扁桃体上全是深黄色的斑点。他得的不是一般的感冒，是化脓性扁桃体炎。他肯定身体不舒服，因为他自己把书放下了，他说眼前的字母都模模糊糊的，根本看不清。但他觉得没必要叫医生，给他弄块冷布敷胸可能会有点儿用处。不过，他肯定不会让我来弄的，毕竟做胸口冷敷也不怎么好受。但我还是可以问问他。而且，现在我得让他传染我。化脓性扁桃体炎是会传染的！我也不用表现得那么耿直那么傻吧，任何一个正常的女孩这么近距离地照顾她的弟弟肯定早就被传染了。毫无疑问，到明天为止我是不想再去背英语单词了。我明天干吗还要去学校，就为了拿个不及格吗？后天还有化学考试。我掌握的化学知识简直就和婴儿差不多。一个礼拜拿两个不及格，也是够让人沮丧的。我只要咳嗽起来，再围条围巾在脖子上，鼻子上稍微涂点儿口红，再盖上凡士林，妈妈肯定不会怀疑的。至于我的扁桃体，

她反正也看不到了，早在五年前，它就已经被扔进耳鼻喉科医生的垃圾桶里了。

　　装病的感觉真的非常舒服。可惜我们家既没有录像机，也没有装互联网。今天上午的电视节目除了法语课和教高中毕业生怎么求职的内容外就没什么可看的了。差不多上午十一点的时候，有一部怪物电影，讲述发生在古罗马时期的故事，但我没法儿看了，因为斯皮迪学校的校长打电话来说他病了，得有人去接他。

　　我很愿意去接他！可是如果我真的病了，肯定会很虚弱，没法儿去学校接他。而且要想把斯皮迪从学校背回来，我也确实不够强壮。而那个得了感冒的小可怜还发着烧呢，肯定没法儿自己走回来！

　　"得赶紧给妈妈打电话，让她去接他。"我对阿尼说。

　　"为什么一定得是妈妈？"阿尼问，"给爸爸打电话！"

　　"那完全是在浪费时间，"我不高兴地说，"他肯定会

说，我应该给妈妈打电话！"

"那你就说，"阿尼哑着嗓子说，因为他讲起话来喉咙很疼，"你就说，妈妈去不了，她说让他去。"

"但她并没有这样说。"我坚持说。

阿尼说我没必要这么坚持事实，但我还是拒绝了。

因为我决定保持中立，既不帮妈妈也不帮爸爸，我不想掺和进去。如果照阿尼说的做，就是在掺和了。

"好，那我来！"阿尼从床上起来，摇摇晃晃地走到电话机旁。他拨通了电话，说要找波佩尔鲍尔先生。事情的发展正如我预料的那样。爸爸对阿尼说，他现在没法儿从办公室出来，他有个非常非常重要的会，阿尼应该给妈妈打电话，让她去接斯皮迪。

阿尼撒了谎，说他已经给妈妈打过电话了，但妈妈今天没开车去店里，车子在修理厂。坐电车的话时间太久了，坐出租车又太贵。

简直是胡说！妈妈才不会觉得坐出租车贵！出租车

又不是直升机！她还经常打车去理发呢！

我相信爸爸肯定也对阿尼说了类似的话，但阿尼哑着嗓子冲话筒吼道："随便你，但你总该干点儿什么吧！"随后，他就把话筒摔在座机上，摸索着回到了床上，一边还念叨着："毫无疑问，只要你想做，根本没什么会是重要到没法儿推迟的。"

"那是你觉得！"我说，"我很怀疑他是不是会这样认为。"

阿尼躺回床上，盖好被子，喝了口甘菊茶润润喉咙，说："好了，爸爸要是现在还没去开车，我就再也不想和他有任何关系了！"

"真的不要我给妈妈打个电话吗？"我问，阿尼还是固执地摇了摇头。有时候，阿尼真的很倔强！虽然他比我小三岁，但我却没法儿反驳他，只能问："那要是没人去接可怜的斯皮迪怎么办？"

"那校长肯定会再打电话来的，"阿尼说，看了一眼

手表，"如果接下来的三十分钟爸爸没有带斯皮迪回来，或者校长又打电话来了，你再通知妈妈！"

虽然我不喜欢这个主意，但还是点了点头。我们就这样等着，阿尼躺在床上，我坐在床边上。我问阿尼："要是被发现妈妈根本不知道斯皮迪病了，她的车也没送去修理厂，她也没说过坐出租车太贵，你要怎么解释？"

阿尼说："首先，这件事不会被发现的，因为爸爸和妈妈反正也不讲话了。其次，一段错乱、破碎的婚姻培养出一个同样错乱、破碎、谎话连篇的孩子，也没什么好奇怪的。"说完，阿尼就把脸转向了墙壁，背对着我。

只过了二十分钟，爸爸就带着斯皮迪回来了。看到他的车开到房前，我连忙躲进自己的被子，假装咳嗽起来。

可怜的斯皮迪真的已经完全病倒了，双眼混沌，全身滚烫，软趴趴的像一块抹布。爸爸好像突然不着急了，他在面包店给我们买了长条饼干，还给我们煮了茶，帮

我们把枕头拍松，又帮我们把饼干屑从床上清理掉。多美好的亲子时光啊！可惜斯皮迪没能感受到，爸爸刚帮他把衣服脱掉，抱到床上，他就因为发烧沉沉地睡过去了。

我们和爸爸的亲子时光被妈妈的一通电话打断了。她想知道我和阿尼怎么样了，我们晚饭想吃什么，她现在叫毛线店的管理员去买东西。当她发现接电话的是爸爸时当然非常惊讶，而阿尼断定不会被发现的事也很快败露了。当然，阿尼并没有对爸爸说什么"错乱、破碎的孩子撒谎很正常"之类的话，因为爸爸根本没问阿尼为什么要骗他。也许是因为他不想和一个生病的小孩吵架？或者毫无疑问，他觉得面对我们良心不安。直到妈妈快从店里回来时爸爸才走。这时斯皮迪已经有点儿清醒过来了。

"你要去哪儿?"他问爸爸。

"我还得再回趟办公室。"爸爸回答说。

"那你什么时候回来?"斯皮迪又问。

"很快。"爸爸回答说。

"很快是什么时候?"斯皮迪问。

"很快就是九点或十点。"爸爸说。

"那是九点? 还是十点?"斯皮迪想问得更清楚点儿。

"九点半!"爸爸说。

"一言为定?"斯皮迪问。

"一言为定!"爸爸回答说。我正好咳嗽着去厕所,看到了爸爸和斯皮迪约定时的表情。这回他是认真的!我从他的表情上看得出来。当他迫不得已撒谎时,他会看向别的地方,不会直视正在对其撒谎的那个人,或者他会含糊地四处张望,目光游移不定。

才过了半个小时,爸爸就回来了,比他约定的时间更早。我这个乐观派又一次觉得我们的家庭有希望了。因为今天是周四,大家都知道周四是威尔玛日。

瞧吧,我们毕竟还是比他的小插曲重要! 这样看来,

他差不多完全回归了！

可真正到来的，却是一场大吵。起因是妈妈想让爸爸一起帮忙照顾我们几个生病的孩子。没问题，爸爸说他后面几天都会准时下班回来。但妈妈说他得在白天照顾我们，因为她的合伙人还在美国，她不能把毛线店关掉。她需要店里的收入，但爸爸可以请几天病假，也不会因此被扣钱。他毕竟也是我们的父亲，和她负有同样的责任。

这时，爸爸开始念叨起来，说他的工作很艰难，不是一份卖毛线球的工作能比的。

他走到前厅，从柜子里拿出箱子就开始往里面扔衣服，边扔还边喊，他还可以辞职回家来做家务呢！到时，全家人就指望着那家倒霉的小店过日子好了！我们就等着挨饿吧！

他当然不是认真的。他现在这样做，就好像妈妈不是真的遇到困难，而是故意刻薄地要逼他去做什么荒唐

的事似的，所以他很不高兴。他大喊着不会向妈妈屈服的，说她应该叫外婆来照顾我们。

妈妈向他解释说，外婆对感冒病毒一点儿抵抗力都没有，把她叫来只会多一个病患。这是真的，只要有人冲外婆打个喷嚏，她就会立马开始流鼻涕。医生说她体内的抗体太少了。爸爸明知道这是真的，却还表现得好像这是妈妈瞎编的一样，合上箱子说，他也可以把我们送到奶奶那里去让她照顾。

妈妈根本没有搭理爸爸的这个提议。谢天谢地！她知道不能把我们交给奶奶。与其让那个爱骂人的老太太来照顾我们，可能阿尼更愿意顶着高烧和发炎的扁桃体去学校上课！斯皮迪也一样！

但爸爸可能觉得他能提出这个建议就已经对我们够好了。他拿起行李箱，走向了门口。

妈妈在背后喊着："你要是现在走掉，留下这堆烂摊子给我，我们就真的结束了！"

我不确定他到底有没有听见。

这话什么意思？妈妈说"真的结束了"是什么意思？爸爸拿走箱子又是什么意思？

"就是说他搬出去了，你这个傻瓜。"阿尼对我说。他本意应该是想让自己表现得轻松又冷静，但他的声音很尖，听得出他正压抑着哭腔。

爸爸当然没有真的搬出去！他箱子里只装了十分之一的衣服，只要打开他的衣柜就能发现里面还有好多好多衣服，根本看不出少了什么。他的房间里没有少一支铅笔或一本书，所有属于爸爸私人的东西也都还在家里，包括他的剃须刀、浴巾，还有他的须后水和牙刷。

阿尼断定说这场争吵是爸爸故意闹大的，这样他就有理由拎着箱子逃走了。

"因为他太胆小了，"阿尼冷静地对妈妈说，"所以要逃离我们。"

我想和妈妈谈谈。爸爸刚走，妈妈就关灯躺到了床

上。我走进她的房间，她假装睡着了，但我知道睡着的人呼吸不是这样的。所以我轻声问她："妈妈，现在怎么办？"

她没有回答。

"接下去怎么办？"我没有放弃。

她终于回答我了。她说："明天早上我会给外婆打电话，让她过来。只能冒险了，但愿她不会因此感冒！"

我才不想知道这些！

我没有开灯，摸黑走到妈妈床边，在床沿上坐下。妈妈抓住了我的手。

"我也不知道，"她说，"毫无疑问，生活总会继续下去的。"

我问她，她说的"烂摊子"和"真的结束了"是什么意思。

我真的有点儿哭笑不得。妈妈很震惊，也很愤怒我居然听到了这些话。大人们到底在想什么？两个人站在前厅用超级大的声音吵架，却觉得他们的孩子都是聋子不成？还是怎样？

于是，我对妈妈说，我们家里的墙很薄，从他们开始吵架，之后全部的内容，我们都听到了。而且我们都不傻，我们知道爸爸有了一条威尔玛鱼。当然只有阿尼和我，斯皮迪还不知道。

妈妈费了好大劲才把我的话消化完。然后她说，既然我们都知道这件事了，就应该能理解，她不能再这样生活下去了，必须有所改变才行。

"有所改变"有各种可能。我想妈妈自己也不知道她想表达的是什么。当我还是个孩子时，我一直觉得大人们能看穿很多事情。也许孩子必须这样认为，才能对未来感到安心。但事实是，大人们也会没有主意，很多事根本不知道该怎么办，他们的脑袋里也经常是一团糨糊。

我真想把围巾摘掉，擦掉鼻子上的口红和凡士林，

停止咳嗽，回学校去上课！但阿尼说他需要我的支持，他一个人没法儿挺过去。他说，我的自我保护能力比较强。好吧，那我就继续充当一下这个角色好了！

灾难毫无预警地降临了。七点钟，我和妈妈两个人在吃早饭，阿尼和斯皮迪还在睡觉。这是第一顿没有爸爸在的工作日早餐！妈妈趁着喝咖啡的间隙，已经给外婆打过三个电话了，但都没有接通。她肯定出去买东西了。外婆是个早起型的人，她巴不得街角杂货店的老板六点钟就拉起卷帘门开始营业。

妈妈去上班前说她到了店里会继续给外婆打电话的。我回到床上准备再睡一觉。上午睡觉是件奢侈的事，可惜我没能享受多久。我正做着美梦呢，就被斯皮迪的惨叫声惊醒了。梦里，我正坐着红色的保时捷呼啸着奔驰在田野上，身边坐的是个狂野的帅哥。为什么梦里坐在我身边的不是伍茨，这我得好好想想！我猛地从床上跳起来朝斯皮迪的房间跑去。因为发烧而走路晃晃悠悠的

阿尼也正往那边赶。斯皮迪的叫声听起来就像是有生命危险似的，我想一定是因为发烧做噩梦了。

但这却是场真实的噩梦！奶奶站在斯皮迪床前，正准备给他做胸口冷敷。但很快，她就感觉受到了侮辱，因为我和阿尼一齐问道为什么她会在这里。也许是我们的语气不太友好吧。但这反差确实大了点儿，我们期待的是慈祥的外婆，来的却是凶巴巴的奶奶。我也不知道事情到底是怎么跑偏的。

我打电话给妈妈，问她为什么来的不是外婆而是奶奶，我可不在乎奶奶会不会听到。现在她正在一边擦着我们干干净净的厨房，一边念叨着她的儿媳把什么都弄得乱七八糟的，这种人，也难怪婚姻会失败，这真的一点儿都不奇怪。

妈妈又一次语塞了。她说她也没办法，是爸爸把奶奶叫来的，她没法儿阻止他。另外，虽然外婆知道可能会有被传染感冒的风险，但她本来已经打算过来了。可当她知道奶奶也在时，她就不打算来了。两个老太太也互相看不顺眼。

阿尼还想给妈妈再打个电话，让她打给爸爸，叫他尽快把奶奶送走。

我说服他放弃了这个想法。我们可以忍受这老太太的。我觉得我们现在应该保持理智，否则只会让爸爸妈妈在电话里再大吵一架。如果我们想让他们和好，就一定要避免新的争吵。阿尼同意了。

我们咬紧牙关忍了奶奶三天，虽然她真的把我们烦得不行！我们还没把光脚丫从床上放到地上，她就已经开始大喊："快把家居鞋穿上，不然你就永远没法儿好起来！"还没打开电视机，她又来了："关掉电视，回床上去！健康的小孩看电视都会生病，更不用说你们了！"还没打开冰箱门，她又喊了起来："放下！饭点才能吃

东西！"

你猜饭点吃的是什么，甘菊茶和面糊糊！没有新鲜水果，只有糖煮苹果！因为老太太觉得病人就该吃这些！对阿尼和斯皮迪来说这倒没什么，他们是真的病了，尤其是阿尼，他们不想走来走去，也不想看电视或吃东西。但我完全是被强迫的。她好像也对我产生了怀疑，她看着我的样子就好像不希望我好起来一样。而且，因为一直假装咳嗽，我真的得了应激性咳嗽。

我们每天都无比煎熬地盼着六点快点儿到来。因为妈妈六点半到家，她不想和妈妈见面，六点钟就会走。她每天要强调十几遍，说她来照顾我们完全是出于对她儿子的爱！

今天刚放学，伍茨就来看我了。他没有事先说一声，结果就看到我像个傻子一样，顶着个丑到家的涂着口红和凡士林的鼻子坐在床上。

我只能让伍茨遮住眼睛，直到我把鼻子上的伪装擦干净。他说并不介意看到我红通通的油鼻子。说得倒轻松！以后他想起我这副样子一定会嘲笑我的。

我弄干净鼻子，总算又能见人了。伍茨轻轻地拥抱了我一下。这时，房门开了，奶奶站在门口大喊："卡罗琳娜，你要不要脸！"

"我做什么啦！"我冲她大声喊道。但她好像完全没听到，以一副萨巴（译者注：阿拉伯人建立的古国之一，"萨巴王国"是也门上古最著名的王朝）女王般高高在上的姿态对我说："只要我在这里，你就别想干丑事！"然后她又对伍茨说："小伙子，现在就给我回家去！"

伍茨站起来，乖乖地准备离开。但我紧紧地抓住了他，我心里涌动着一股怒火，就快爆炸了。老太太误会我了，这让我懊恼极了。

"你留下来。"我对伍茨说，然后转身对着奶奶，但愿我也是用萨巴女王般高高在上的口吻说的："你，请马上离开我的房间！"

奶奶顿时有些惊慌失措，她张了张嘴，但什么都没说。然后，她决定不仅要离开我的房间，还要离开这个家。再也不会回来了！（这话她不是冲我说的，而是对斯皮迪说的。希望他没有听错。）

伍茨有点儿不知所措，他觉得我是不是有点儿夸张了。

真是太荒唐了！爸爸离家出走，弟弟们病了，妈妈满心绝望，我却只能坐在这里干生气！

我突然产生了一种遏制不住的冲动：从现在开始，由我来管家务，照顾病人！我能行的！

傍晚，妈妈回家时，我把这个决定告诉了她。起先，她觉得既然我已经好了，就该回学校去。因为我的成绩真的太糟了，而且我已经缺课好几天了。但我很容易就说服了她：反正这周学校也没什么事，而且目前我待在家里比去学校更重要。也许我并没有让她信服，只不过整件事太混乱，她也不在乎了吧。

　　我并不是想自吹自擂，不过我确实把家当得还不错。弟弟们甚至还吃了我做的东西！斯皮迪在我的照顾下已经恢复健康了。阿尼还在发烧，扁桃体炎也没完全好，但已经好多了，至少在身体上我把他照顾得挺好的，至于心灵上的关怀，可能就没那么容易了。爸爸已经六天没回家了。斯皮迪一直坚持不懈地问我爸爸到底什么时候回来，还有他去哪儿了。当我告诉他我也不知道的时候，他真的气坏了。但我能对他说什么呢？我又没学过儿童心理学，根本不知道该怎么向这么小的孩子解释。我自己也并没有比他大多少啊。

　　我曾试图和妈妈商量，但她只是耸耸肩，然后念叨一句："我怎么知道呢？"她已经魂不守舍了。

　　奇怪的是斯皮迪居然没问妈妈关于爸爸的事。每天傍晚妈妈回来的时候，他就表现得像个爱撒娇的孩子，要依偎在她身边听她讲故事。明天开始，他就要回学校去了。我还能享受多久的"假期",完全取决于阿尼和他的脓包了。当然,他其实已经不需要我了!但他在妈妈面前表现得好像很需要我,是我求他这样做的。我真的很害怕去学校!这个"假期"前我的成绩就已经全是不及格了,现在去,错过那么多课,毫无疑问,我肯定就是那个垫底的傻瓜。伍茨觉得我是个很聪明的人,但那是因为他是我的好朋友啊!

以前我也觉得自己不笨,但事实是我错了。我的脑子就是记不住东西,它简直是封闭的。不管我花多少精力去学习都没用。我盯着整行整行的字母,念了不下十遍,但我就是记不住自己到底念了什么。我的班主任说我不是笨,就是没法儿集中注意力。那我能怎么办?哪位行行好,请告诉我怎样才能集中注意力!我最好不要再去学校了,就去学点儿可以不用脑子,光靠手就能做的事情吧。

我可以做漂亮的帽子,或者画玻璃画,或者养花。

但我父母对这些根本没兴趣。高中毕业在我们家是最基本的要求。这简直就是个笑话：妈妈以优秀成绩毕业，可她现在呢？不过是开了一家快经营不下去的毛线店！

我发誓既不帮爸爸也不帮妈妈，我不想参与到他们的争吵中。但这根本没用！我现在很生爸爸的气。他真的太过分了！斯皮迪今天没去学校，他跑到爸爸办公室去了。我根本不相信他会做出这种事来，但既然他这样做了，其实也很好理解。根本没人对他说过发生了什么，他除了去找爸爸还能怎么办呢？奇怪的是，我和阿尼居然没有想到这个主意。

不过，坦白说，我其实想过这样做，只是没有去实践，因为我害怕听到他可能的回答。阿尼肯定也是这样想的。

爸爸当然很不高兴看到斯皮迪出现在他的办公室里。事情到底是怎么发展的我不清楚，斯皮迪只告诉我们，

爸爸的秘书从自动售货机里给他买了听可乐，打车带他回了学校，然后又当着老师的面撒谎说斯皮迪迟到是因为在做"告别试验"。秘书肯定没说这种话。不过秘书到底对老师说了什么并不重要，重要的是爸爸答应斯皮迪，晚上会回家来！他向他保证了。虽然斯皮迪听错了"告别试验"，但爸爸的承诺他肯定不会听错。

斯皮迪中午从学校回来时很兴奋。他等了整整一个下午。五点钟我给爸爸的办公室打了个电话，他已经走了。

"你看，"斯皮迪对我说，"他很快就能到家了！"

但直到妈妈从店里回来，他还没到家。但斯皮迪依然固执地觉得爸爸会来的，因为他保证了。现在已经十点多了，可怜的小家伙还坐在客厅里等着，坚信爸爸会回来。妈妈一个小时前就开始说服他爸爸不会来了，想让他去睡觉。

现在她只能向他保证，等爸爸来了就叫醒他，他才

勉强同意去睡觉了。

我们希望第二天早上起来，斯皮迪的失望会减轻点儿。但我们都错了。他并没有减轻失望，反倒发疯了！他固执地强调说爸爸半夜来了，直到早上我们起床前才走的！但愿斯皮迪只是为了证明他是对的才这样骗我们。如果他真的是这么想的，恐怕就得去看医生了。

我也需要看医生，需要一剂专治上学恐惧症的药。今天是我第一天回学校！我觉得我肯定熬不过五个小时。幸好老师们都没有来烦我，因为我已经缺课太久了，光是抄写东西，就足够我抄到手抽筋！伍茨一定要和我一起学，但我不想和他一起，要是他知道我有多笨，肯定就不会再理我了！

好吧！现在事情终于尘埃落定，我也没法儿再假装乐观了！慢慢来，让我一点点告诉你，到底是怎么回事。

先是我放学回家，阿尼告诉我妈妈打来电话了，说斯皮迪要下午才回家，因为爸爸中午去学校接走了斯皮迪，为了兑现他迟到了二十个小时的承诺。

"万一波佩尔鲍尔先生又有别的安排了呢。"阿尼补充说。伍茨和我一起回家的，他觉得阿尼不应该这么生爸爸的气，因为迟到二十个小时根本不算久。他爸爸已经迟到快十三万个小时了，那可是整整十五年啊！所以，伍茨还从来没见过他爸爸呢。他爸爸生活在国外，在那里结了婚，只会给他寄点儿生活费。伍茨甚至不知道他爸爸长什么样，在那个男人抛弃伍茨的妈妈时，她就把他所有的照片都撕成了碎片。

直到十二点一刻，斯皮迪还没回来，我们就肯定他确实被爸爸接走了。我们三个一起勉强咽下了阿尼烧的"培根意大利面"。他已经恢复到可以做饭了，只是还没法儿出门买东西，所以他就拿家里剩下的东西做了"培根意大利面"。家里除了宽意面、熏肉香肠、帕尔马干酪

和乳脂，别无他物。另外，阿尼还放了鸡蛋，所以这道"培根意大利面"更像是加了荷包蛋的面粉块（因为面条在烧的时候没有分开，而是结成了块）。但考虑到他还那么小，我们也该知足了。我决定等爸爸把斯皮迪送回来时好好和他谈谈，问问他到底发生了什么，他打算怎么办。我完全有权利知道我们还会不会有爸爸！

斯皮迪回来时我和伍茨正好在阿尼的房间。他举着一个巨大的巧克力蛋糕跑进客厅。他心情很好，大声喊着让我们都过去吃蛋糕，然后我们再一起和爸爸去市里，他会给我们买牛仔裤，还有新鞋子。他的样子好像在说：都开心点儿，我给你们带回来一个大方的爸爸！

我走出房间去客厅跟爸爸和斯皮迪会合，但阿尼不肯出来。他说他不想见爸爸。伍茨陪着阿尼，后来他跟我说，阿尼觉得自己应该戒掉爸爸，就像戒烟一样，反正总归要结束的。一个人要戒烟，肯定不能时常打破戒律去抽一根，不然好不容易戒掉的坏习惯又会回来的。

也许阿尼是对的，但我现在还没有他那么聪明。我走到爸爸身边，他搂住我，轻轻地紧了紧，我又心软了，情绪差点儿崩溃。但我很快振作起来，挣脱了他的怀抱，努力忽视他的魅力，冷静地说："爸爸，我们好好谈谈吧，这比蛋糕、牛仔裤和鞋子都重要！"虽然我很需要买衣服，旧衣服我早就看不顺眼了。

爸爸随便开了个愚蠢的玩笑，想避开话题，但我非常坚持。我直直地看着他的眼睛，问他："现在这算什么？你搬出去只是暂时偏离一下正轨，还是打算永远逃跑了？"这话很适合由我弟弟来说，和我完全不搭。但在这种令人不快的背景下，用一种冷酷的声调说出来比真正用心谈要简单得多。

爸爸开始喋喋不休地念叨起来。他说，如果我们有什么困难，毫无疑问，随时都可以去找他。从现在开始，他会比以前花更多的时间和我们在一起，比如周末啊，假期啊。对孩子来说，能过一天爸妈不吵架的好日子不

是比过一个礼拜爸妈都在吵架的糟糕日子要强吗？如果人们互相爱着对方，也不一定要每天都坐在一张桌子前吃早饭啊！

要不是我打断他，不知道他还要絮絮叨叨讲多久这种骗人的鬼话。

"那就是说要离婚？"我问。

"是的。"他刚说完，斯皮迪就抓起蛋糕扔了出去。很干脆，其他一句话都没说！蛋糕穿过客厅，飞出门外，嗖地飞进了前厅，像飞镖盘一样。最终，它啪的一声摔在电话机柜边的地上，散成了深棕色的几坨，地板上溅满了巧克力奶油。

斯皮迪跑进了自己房间，我对爸爸说他最好还是走吧。其实不用我说，他也匆匆准备要走了。走之前，他还皱着眉头咕哝着说："等你们长大点儿，就会懂的。"

我不知道要是没有伍茨，我们该怎么办。伍茨是个好人。他修复了摔在地上的蛋糕。不幸的棕色面团被他

小心地从地上刮起来，奶油堆也被收拢起来。然后他去厨房把这一摊烂泥重整成了一个勉强还算圆柱形的整体，他洒了很多可可粉上去。"这是个好蛋糕，"他说，"别浪费了，得将爸爸和蛋糕区别对待。"

我把斯皮迪从房间领出来，尽我所能安慰着他。我也想去安慰一下阿尼，但我根本不知道该怎么做。像斯皮迪这样的小家伙我可以摸摸他，给他擦干净鼻涕，但这可不适合一个十三岁的男孩。何况他既没有大喊大叫地闹，也没有哭得鼻涕一把眼泪一把。

傍晚，妈妈从店里回来后，我们四个真的把整个蛋糕吃了下去。妈妈对此感到很欣慰。我明白，她是觉得既然她的孩子在爸爸宣布要离婚后还能吃下一整个蛋糕，就说明他们并不是太悲伤。

但这是不对的，至少我很悲伤。我也没想到，我明明那么难过，居然还吃得下三大块巧克力蛋糕。我没法儿解释这是为什么。我只是想到了阿尼一边悲伤地吃着

蛋糕，一边引用外婆说的那句话："没有就着泪水啃过面包的人，不足以谈论人生。"

另外，我还发现了一个道理：爸妈的问题会让兄弟姐妹更加团结。这真的很神奇：当家里勉强一切正常时，我很烦两个弟弟，不管是大的那个还是小的那个，我总是希望，爸妈要是只有我一个孩子该多好。我经常恨恨地发誓要亲手掐死他们！但这一堆烂事发生后，我只觉得越来越爱他们了。我们变成了真正共患难的家人。

钱是个坏东西

阿尼讲述的故事

我一直觉得我姐姐太过乐观了，她应该现实点儿。但似乎我自己现在也有点儿不那么实际了，确切点儿说，是我的脑子里住着两个小人，一个住在高处，一个住在低处。住在高处的小人从爸爸拎着箱子离家出走的那一刻起就已经明白，爸爸走了，他爱那个威尔玛鱼，接下来他就该向妈妈提出离婚了。

但住在低处的小人还一直抱着侥幸心理：不一定会这样的，爸爸和威尔玛也可能吵架，他也可能会觉得和孩子们在一起的生活比其他任何事都更有价值！事实上，

他可能还爱着妈妈！

　　每次放学回家我都会偷偷打开前厅的柜子，看爸爸的衣服还在不在。看着挂得满满当当的裤子、夹克和下层的两排鞋子我就安下心来。甚至连我们班的斯佩齐麦尔都成了我的安慰。他有一次在课间休息时说过，他爸爸一年中搬出去了三次，但每次都是过几个礼拜就回来了。

　　谁知道大人们是怎么想的呢，住在低处的小人小声说，大人们很少表现出自己的想法，是很难理解的。当然，我没有把我的这种想法告诉卡利。我对她讲的，总是来自住在高处的那个小人的观点。

　　一天中午，我和卡利从学校回家。走到家门口，卡利绘声绘色地给我演示了伍茨是怎么在我们家门口把左脚给扭伤的。

　　是这么回事：伍茨在我们家门前的石阶上和卡利道别，他站在台阶的最外边，由于我亲爱的姐姐太过热情

地拍了他一下，伍茨失去平衡，从台阶上掉了下去，卡利也跟着他倾倒了，顺便全身的重量都压在了伍茨左脚的踝骨上，要知道她可不是轻如鸿毛的。

正当我姐姐兴致勃勃地向我演示着他们摔倒的场景时，家门开了。妈妈站在门口，穿得好像要去参加一个远房亲戚的葬礼。我们从没见过妈妈中午在家，而且还穿成这副模样。

我脑子里住在高处的小人立马对住在低处的小人说："你看，不要再幻想爸爸妈妈和好了！看看妈妈的样子，肯定是刚离婚！"住在低处的小人只能默默地点头。

妈妈在厨房里准备了丰富的冷餐。去吃饭的路上我把我的想法告诉了卡利。卡利立马开始攻击妈妈，当然只是语言上的。她对于我们事后才知道离婚这件事异常激动。显然，我姐姐以为我们，至少她会被带去他们的离婚现场。不知道她想在现场说些什么！

或许是：尊敬的法官先生，不要让波佩尔鲍尔夫妇离婚，因为我们不同意。我们有三票，三比二，我们反对离婚。

妈妈向卡利解释说，在离婚案中，只有当涉及到抚养权时法院才会询问孩子的意见，而爸爸显然把我们都留给了她。

卡利更激动了：难道对这个世界来说我们屁都不是吗？别人随随便便就能决定我们的命运？她非常愤怒，为什么我们要跟着分开！

卡利说得对。我们和爸爸一直相处得很好。好吧，虽然爸爸并没有花太多时间和我们在一起，但妈妈也没有给我们很多时间啊！至少爸爸回来的时候是很好的，毫无疑问，比别的爸爸给孩子的要好得多！（至少在失去了爸爸后我是这么觉得的。）

但妈妈并没有理会卡利的想法。她悲伤地说我们应该问问她还好吗。她可能是想说她也很悲惨，但我脑子里不管是住在高处的小人还是低处的小人都觉得，她对

我们提这样的要求有点儿过分了！大人们想做什么就做什么，孩子不仅要为此受罪，还要同情他们！

外婆不得不来回奔波，终于病倒了。本来现在她已经好多了，但今天早上病情又突然恶化，被送进了医院。当人们用担架把她从家里抬出来时，她请求邻居太太转告妈妈一下。但那个傻瓜邻居忘了。所以妈妈不知道外婆进了医院，也不知道斯皮迪十二点下课后没人会去接他。

外婆之所以会病倒，是因为每天要来来回回地跑，接斯皮迪下课，再送他回家。但除了外婆，还有谁能来照顾斯皮迪呢？我们原本还希望那个特蕾莎·夏洛塔从美国回来后能承担起下午看店的责任，但这也落空了。这个合伙人爱上了一个饭店老板，她忙着帮他在厨房里做炸猪排和沙拉呢。毛线店？她对妈妈说，她早把它抛在脑后，再也不想见到它了！

　　但妈妈想把店继续开下去。先是丢了丈夫，现在再丢了这家店，她可受不了。这样一来，她就只能从早到晚都待在店里了，因为生意并不太好，她也雇不起营业员。而且奶奶现在也和我们分开了，谢天谢地！卡利和我下课时间都比斯皮迪晚，他还太小，不适合一个人单独在家里待好几个小时。其实我们也不是没有试过，但事实证明真的不能把小家伙单独留在家里。他会打开电磁炉，但忘记关上；他想去买支蜡笔，就关门出去了，结果回来却发现自己没带钥匙；又或者，他会在放学回家的路上邀请四个陌生的孩子来家里玩，等我和卡利到家的时候，整个家已经被掀了个底朝天，我们不得不花上四个小时整理，最后发现斯皮迪的好多玩具都不见了，同时不见的还有我放在书桌上的二十块钱！斯皮迪也去过几次妈妈的店里，但在那里他唯一能做的就是坐在转椅上学编织！

　　所以，今天中午斯皮迪下课后没看到有人来接他。

妈妈对他说过，遇到这种情况，先再等一刻钟，如果还是没人出现，就给她打电话。为此，他的裤子口袋里总是装着一个小塑料盒，里面放着两枚硬币。斯皮迪乖乖地等了一会儿，然后他决定去打电话。但学校门口的电话亭坏了，而离得最近的公用电话在邮局那边。从学校去邮局的路和回家差不多远，所以斯皮迪决定回家再给妈妈打电话，这样可以省下打公用电话的钱。

斯皮迪回到家，正想开门，却发现门是虚掩着的。起先他以为肯定是我们中有人提早回家了，就一边叫着我们的名字，一边走进了家门。但没人回答他，他有点儿害怕，以为是进了小偷。要是换成我，肯定会立马跑到邻居家里去寻求帮助的。但小家伙似乎有点儿勇敢过头了，他继续往家里面走。这时，他看到从客厅通往院子的门开着，爸爸和一对夫妻站在院子里。他先是松了口气，随后就听到爸爸对那对夫妻说："我刚才就和你们说过的，这里并不是疗养院。这里住的都是普通人家，

总会有些日常的声音。"（爸爸说这话是因为他们听到邻居在放音乐，那对夫妻觉得声音太大了。）

斯皮迪不知道爸爸为什么要给那对夫妻看我们的院子，所以躲在客厅里继续听着。小家伙现在也知道偷听比直接问更能得到答案了。

当爸爸和那对夫妻回到客厅时，斯皮迪就躲进了自己的房间继续偷听。他发现爸爸要把我们的房子卖给那对夫妻。斯皮迪被这件事惊呆了，他忘了要给妈妈打电话，躺到床上哭了起来。爸爸带那对夫妻看完房子就和他们一起走了，完全没发现斯皮迪在家里。

不知道什么时候斯皮迪终于哭完了，他抬头看了眼时钟，发现按照正常情况我和卡利应该已经放学回家了。但我们还和伍茨一起在蛋糕店里，我和伍茨决定好好和卡利谈谈——卡利几乎已经完全放弃了她的学业。她根本不再花心思学习，而且固执地认为，毫无疑问，她得留级了，再怎么学也是白费力气。我试图让她明白，既

然她这么不喜欢学习，就不该主动把学期再延长一年。但不管我们怎么说，她都不听，就像合上了壳的牡蛎一样。所以，我们只好草草结束了这次会谈。伍茨陪我们一起回家。我们并不着急，因为我们以为斯皮迪肯定和外婆在一起。就在离家还有几个转角的地方我们遇上了不知所措的斯皮迪，他都快讲不出话来了。我们花了好久才弄清楚他到底想说什么。卡利觉得斯皮迪肯定是听了些乱七八糟的话瞎想的，我也希望事情是这样的，但斯皮迪慢慢平静下来，详细地跟我们讲了爸爸和那对夫妻的谈话。毫无疑问，他是对的。

那对夫妻中的丈夫说："我们要先考虑一下，下周一前答复您我们是否会买这幢房子。"妻子说："我们可以马上付一半定金，剩下的部分可能得等贷款。"他们说的肯定就是买房子这件事了！而且，他们也不可能在我们的房子里讨论买别的房子！确定了这个消息，我们赶紧坐车去妈妈那里。我们这些天真的傻瓜还以为妈妈不知

道爸爸要把我们的房子卖掉呢！事实当然不是这样的！

"我们晚上再来谈这个问题。"妈妈说，但卡利可不想等这么久。"我们不想房子被卖掉，"她说，"我们现在就要知道！"

妈妈想让我们先出去，因为店里有客人在，我们不能在她面前谈这件事。但卡利说她可不在乎有谁在听，我也表示赞同，不把这件事弄清楚，我们是不会出去的。妈妈让我们先冷静下来，毫无疑问，这件事目前还没有确定，而且现在房子也还没被卖掉呢！我们可不想就这样算了，于是妈妈给了我们一个文件夹。她说，我们要是这么想知道具体情况，里面什么都有，不只是关于房子的，还有我们的整个"家庭财政"。

文件夹里尽是些银行的账单和公文，还有别的各种官方文件，但也有一些是妈妈写的关于我们房子的情况，还有我们的财政状况！在这么短的时间里我和卡利完全看不懂这些繁杂的公文。于是，卡利拿上文件夹，我们

就和斯皮迪一起坐车回家了。我给伍茨打了电话让他过来。我需要他帮我一起研究这个文件夹。卡利已经指望不上了，她完全沉浸在悲伤中。她说反正她也改变不了这个现实，干吗还要去研究这些该死的数字。我也知道我改变不了什么，但我很生气的是，爸爸妈妈就这样让我们"死"得不明不白。如果条件允许，我至少有权利自己弄个清楚。

可靠的伍茨一瘸一拐地来了。因为那次台阶上的事故，他脚上还缠着绷带。我们在院子里坐下，把整个文件夹好好研究了一遍。事情是这样的：这套房子有一笔大的贷款，还有两笔小的贷款，而每个月还的贷款占总欠款的比例非常小。大部分都还了利息，真正偿还银行负债的部分只有一点点。另外，我们还得支付这幢房子的日常维修费用、电费、煤气费和暖气费。而且妈妈的车还有一笔贷款没还完，每个月也要不少钱呢。除此之外，毛线店还有一笔贷款，还有那里的房租和暖气费。

还有每笔毛线进货的钱。而且我们房子的屋顶也得修了，全都是钱的破事！

脑中住在低处的小人绝对想不到会有这种事！

然后，我想到了一个糟得不能再糟的主意。卡利带着可乐和玻璃杯来院子里找我和伍茨，这时我突然想到我们冰箱里还藏着一瓶香槟呢。我去把它拿了出来。伍茨坚决反对，但我坚持我们得为这些破事庆祝一下。香槟是爸爸有一次为了和妈妈和好买回来的，那已经是两年前的事了。他想把香槟放进冰箱冰一下再喝，但还没等香槟冷下来，他与妈妈就又吵了起来，于是，这瓶酒就被遗忘在了冰箱里。我以为香槟会让我们好受点儿。我一直听说这种起泡酒能让人高兴起来。

但事实不是这样的，至少在我姐姐身上不是。看样子，香槟应该是有一种放大情绪的作用。开心的人会更开心，悲伤的人则会更悲伤。而显然，当卡利知道我们目前的经济状况没法儿保住房子时，她就已经够悲伤的了。凭我们能拿到的抚养费，还有妈妈毛线店里的那一点儿收入，我们根本负担不起单独住一幢房子的生活。而显然，爸爸也没法儿给我们更高的抚养费了。这不是小不小气的问题，爸爸一点儿都不小气，但他也得有房子住，还要买家具和所有正常生活需要的东西。如果要负担两个家庭的奢侈生活，他赚的钱显然还不够多。

伍茨和我都不是很喜欢这种起泡酒，所以基本上没喝几口，但卡利喝了很多，还想出了一堆酒鬼的馊主意。她想把我们的房子隔五分之一出来给爸爸住。她觉得这是非常公平而且省钱的办法。我不知道她有没有想过威尔玛鱼可能也会住进这五分之一的房子里。但我也没机会问她了，因为她以最快的速度喝完了整瓶香槟，然后就开始痛苦地哭喊。现在从她嘴里传出来的尽是些没法儿听懂的抽噎了。我和伍茨一起把她从花园抬进房子，抬到了她的床上。现在她已经躺下开始打呼噜了。

妈妈傍晚回来看到空瓶子就明白了，卡利并没有生

病，只是喝醉了。她叹了一口气，说："天哪，你们现在就别再给我添乱了！"

我们？是你们！这是显然的！我太生气了，忍不住对她吼道："很抱歉，我来到这世界上了！"

她让我不要这样说，因为她很高兴有我在，她很爱很爱我，一点儿都不想失去我。她认为，我应该对她有点儿耐心。

我回答她说："从出生开始，我就一直对你很有耐心，但耐心也会慢慢用完的！"

但很快我就后悔了。我走进妈妈的房间，对她说："我真的很抱歉。"她说她知道，作为孩子，遇到他们这样的父母该有多生气。但我已经不生妈妈的气了。她蹲在房间里，周围堆满了该死的毛线，她在努力赚钱，她真的没有对不起任何人。从起床到睡觉，她一直都在工作，这真的不是生活该有的样子！

妈妈给我们租了套公寓，就在她的毛线店所在的楼里。她觉得这套公寓是我们的首选，因为房租在我们的承受范围内，她只要跑下楼就能到店里。而且，她说，现在斯皮迪下午就能一个人待在新公寓里了，因为他随时能找到她。

但这套首选的公寓却把我害惨了，我整个生活都受到了影响。因为这套公寓只有两间小卧室和一间大卧室，一间小卧室归妈妈，另一间归卡利，还剩下一间大卧室，我和斯皮迪一起住。

我和斯皮迪住一个房间！我真的没法儿忍。说实话，毫无疑问，我绝对不是一个要求很多的小孩。我已经准备好了只吃干面包和脱脂牛奶，去二手商店买衣服。我什么都能放弃，甚至可以不买书，毕竟还有图书馆可以借书嘛。但我坚持要有一个自己的房间，可以让我单独待在里面！我需要看书，需要安静，需要关上门把家里烦人的小家伙隔开。我真的不想一直被这样的问题烦：

"为什么一天有二十四个小时？"或者："阿尼，陪我玩一会儿吧，我太无聊了！"

但是，就算我用胶布把他的嘴巴封上也没用，小家伙对我来说就是太活跃了。只要没睡着，他根本没法儿安静地坐下或躺下。他不是蹦跳着、在地上打滚，就是在你眼前晃来晃去、翻跟头，或者扔皮球、练习倒立。晚上他还打呼噜，因为他鼻子里长了息肉！

我很清楚我没法儿和他在一个房间里生活。但卡利说服了妈妈，她更加不愿意让斯皮迪和她住，而且，她说，斯皮迪也不会喜欢和她住。另外，她还指出说，所有没有足够房间可以让孩子们单独睡的家庭都是按照性别来分房间的。她说，如果斯皮迪是女孩，她肯定会让她和自己住一个房间。可是，要是斯皮迪真是个女孩，她肯定会找出其他借口！

妈妈也不能让斯皮迪睡在她的房里，因为她经常要忙到半夜，编织、缝线、织毛衣。斯皮迪会没法儿睡

觉的。

所有这些我都理解，但为什么我不能和斯皮迪一起住的原因就没有妈妈和卡利的重要呢？这我不能理解！

我知道别的家庭可能房子更小。比如我们以前雇的那个保洁阿姨，就和她丈夫还有两个孩子一起住在一个只有一间厨房的大通间里。没人有自己的房间。而且她丈夫还在一家酒店上夜班，只能在白天睡觉。两个孩子白天就只好躲在厨房里，根本不能大声讲话。我也经常劝自己：现在和以前不一样了，可别把自己当什么贵公子！或者安慰自己：谁知道呢，也许这只是暂时的，也许马上我们就能搬到大房子里去了！但这些都没用，一点儿用都没有！

昨晚我失眠了，但我下了一个决心，虽然我也不知道自己会不会把它付诸实践。这得看爸爸了！他说过，如果我们需要他，或者遇到什么问题，都可以去找他！

我很紧张，不知道他会不会信守诺言。五点钟，我会去他的办公楼门口等他。当然，我不会提前给他打电话，我不想让他有思想准备，我想看看当我提出我的想法时他最自然的表现。

昨天，五点整我就等在了爸爸的办公楼门口。没过多久，威尔玛鱼的车子也到了，她停好车，下来点了根烟等在门口。场面有点儿尴尬。她偷偷地看了我一眼，我也偷偷地看了她一眼。我本来已经准备好逃走了，因为我觉得有这条鱼在，毫无疑问，我没法儿向爸爸提出我的想法。

但这时威尔玛鱼朝我走了过来，问我："你就是阿尼吧，对吗？"

然后她又说："我是威尔玛，你已经知道了吧？我们这样假装不认识对方可不太好！"

除了点头，我还能怎么样呢！威尔玛鱼又继续说：

"我猜你是来接雷纳的吧？如果你想单独和他待一会儿，我马上消失。我没关系的，真的！"

随后，我又从她口中得知，她和爸爸打算今天去看家具，因为他们一起租了套空的公寓。她说他们可以推迟到明天再去，不过如果我愿意和他们一起去买家具的话就更好了，因为爸爸是个无趣的家伙，对家具一无所知。她很需要有人能给她点儿建议。

威尔玛轻松地和我聊着，就好像我们是多年的朋友，就好像我根本不需要对她有所防备似的。虽然我也试图对她采取防备，但她确实很有魅力。就在等爸爸下班的十分钟时间里，我几乎已经被她征服了。我想，反正我要对爸爸说的话本来也会牵涉到威尔玛，当着她的面对他说也好。

当爸爸从大楼里出来，看到他亲爱的儿子和他同样亲爱的女朋友站在一起愉快地聊天时，他简直开心坏了。他很快就准备好了去买家具，但这时已经五点十分，离

商店关门只剩五十分钟了（译者注：德国的商店关门很早）。我觉得这么点儿时间没法儿好好挑选，我可以明天或后天跟威尔玛一起去买家具。这也有好处，因为我可以先看一下他们的公寓，毕竟家具得适合整个空间嘛。爸爸和威尔玛鱼都觉得有道理。于是，我们坐上威尔玛的车子，开去了爸爸的新公寓，在一个高档社区里。

空的公寓总是比堆满家具的公寓看起来要大，但就算排除掉这种视觉误差，光从面积上来看，爸爸的新公寓也很大。我仔细考察了整个空间，并不仅仅为了提出布局的建议，毫无疑问，对这个我也不懂，我更多的是为了看看我想向爸爸提出的建议是否可行。当然是可行的！威尔玛鱼一直领着我参观各个房间，这时她打开边上的一扇门说："目前，这个房间还没有确定的用处，我们其实不需要这么多房间。可能我们会把它当作杂物间吧！"想得倒好！然后，我朝爸爸走去，他正舒服地坐在蒲团上。我朝他蹲下身，开门见山地说："爸爸，你多出

来一个房间，而妈妈少了一个房间。我能搬来和你住吗？"

我的问题让爸爸彻底失去了平衡。他一副受到惊吓的模样，盯着我看了很久。我想完了，他不想让我过来住！

这时爸爸说话了，听起来很真诚："阿尼，你能过来和我们住我很高兴！"威尔玛鱼也走到我身后说："我也是，真的！"

"但是你妈妈，"爸爸又接着说，"她不会同意的，她肯定会阻止你这样做。毕竟，你的监护权在她那里。"

"这个我能搞定。"我说。

"这个你搞不定，"爸爸说，"我认识你妈妈的时间比你久！相信我，我得去法院和她争你的监护权才行！"

"那你就去啊。"我说。

爸爸挠挠头，叹了口气。看来他不是很想为我再去法庭吵架。

"这样吧，雷纳，"威尔玛对爸爸说，"如果阿尼觉得他能说服他妈妈，就让他试试。干吗这么消极呢，我们根本不需要监护权，这件事可以处理得机智一些。没人能阻止你在我们的房子里为你的儿子留个房间吧！至于他什么时候住在这里，住多久，都可以后面再商量的嘛！"

爸爸说，这样看的话确实是可行的。但我不同意！我想要这个房间，只是为了赢得自由，能安静地独处，能在晚上不受打扰地看书，或者在半夜里弄点儿麦片和可可粉，享受一个人的夜宵。我可不想一会儿在这里过夜，一会儿在那里过夜。我需要独属于我的固定的空间。

威尔玛说："这只是最开始，后面你妈妈就能渐渐习惯你不在家了。"

我可不想慢慢地更换住所，这对我来说太艰难，也太累了。而且我为什么要考虑我亲爱的妈妈的感受？她在分配房间的时候有考虑过我的感受吗？没有！好吧，

她也没有别的办法，这我理解。但我也没有别的办法，行吗？她也得理解。

看得出来，爸爸在送我回家时很不自在。到了家门口，我在下车前对他说："好了，我会搞定所有事的。你什么都不用做，只要在我拎着箱子站在你家门前时给我开门就行！"

至于什么时候跟妈妈说我不想和她一起搬去新公寓这件事，我还得想想。目前来说还不急。我们现在还住在原来的家里。新的公寓还不能住，得刷漆布置一下，开关和插头也还没装好。我最好还是在最后关头再和妈妈摊牌，这样她就不用提前和爸爸吵上很久，那可能会导致爸爸反悔，或者她会采取什么反对的措施！虽然我不知道她可能会采取什么措施，但最好还是谨慎点儿。而且，毫无疑问，我也有点儿害怕和她谈这件事，所以还是推迟点儿比较好。

　　一想到要离开生活了这么久的地方，想完全保持冷静确实并不容易。只是因为害怕即将到来的和妈妈的谈话，我才没有陷入无尽的伤感中。我们的房子已经快彻底搬空了，终于，我对妈妈说："喂，我要和你谈谈！"

　　她一边问我是什么事，一边还在帮斯皮迪把一袋玩具绑起来。虽然我已经提前仔细想过要对她说什么，该怎么说，但我还是突然不知所措了。我没有说话。

　　她说："如果还是房间的事，就没什么好说的了！"然后又补了一句："也许，过一两年可以，等店里生意好点儿！"

　　等店里生意好点儿！简直可笑！这家店从开起来就一副摇摇欲坠的样子，一两年后还没倒闭就算奇迹了！因为对这毫无希望的承诺感到愤怒，我又恢复了底气，对妈妈说我要搬去和爸爸住，威尔玛也同意了，而且我从爸爸的房子去学校也很近（当然这一点对我其实并没有影响）。

　　妈妈问我是不是认真的，同时一屁股摔坐在装着斯皮迪玩具的巨大的塑料袋上。她的体重瞬间把整个袋子的高度压矮了一半，袋子炸开了，被压得变了形的玩具四散出来。斯皮迪大哭起来，喊着"坏妈妈"弄坏了他"最喜欢的玩具"。妈妈从地上站起来，抓起电话机走进了厨房。由于太过激动，她的腿被长长的电话线绊住了，差点儿摔倒。但她很快就稳住了，厨房门在她身后砰地被甩上。可是，她在电话里对爸爸吼得那么大声，就算隔着五扇门都能清楚地听到。斯皮迪完全不知道发生了什么，这时又哭喊起来，说我们都是坏人。

　　我真的没有心情向他解释什么，拿起我预先整理好的旅行包就向外走。卡利陪我一起走到电车站，她早就知道我的决定了。我几天前就对她说了这件事，不过她一直觉得妈妈不会同意的。现在她还是这么觉得的。到电车站时她说："妈妈会像一头母狮子一样争取你的，打个赌怎么样？最晚到后天，你肯定又得回来。"

"我不跟你打赌，"我说，"因为你输了不认账。"

这时电车来了，我上了车，卡利一直站在原地向我挥手。

她还想给我一个告别的吻呢，但我匆忙把脸转开了。首先，卡利和我就不适合这样煽情的亲吻吧；而且，她现在也不该这样做！她先是抢走了我一个人的房间，现在又假惺惺地装作舍不得我！

要是她真的那么想让我留在家里，她就该让斯皮迪和她住一个房间！但她什么都没做！兄弟姐妹间的爱也不过如此。

我的新生活过得非常不错，而且也没有变坏的迹象。我得到了想要的一切，最重要的当然是自由。威尔玛早上会开车送我去学校，她上班的地方离我的学校只有几个街区的距离。虽然如此，我还是得说她真的很好，因为本来她只要在八点半到公司就行了，为了我，她把一

天的工作时间提前了半小时。而且她完全没有为此炫耀过什么，只是说："这样我也能早半个小时干完活啊，没什么不好的！"

整个下午家里都异常安静，没有大呼小叫的斯皮迪，没有卡利房间里传出的音乐声。简直棒极了！而且我来了三天了，每天晚上我们都去不同的意大利餐厅吃饭。半夜也不会有像咕咕钟里的小鸟一样突然出现在我房间里的妈妈冲我训话："阿尼，别看书了，不然你明天早上又起不来！"

今天早上，当我一如既往在学校门口下车时，保利站在那里，瞪大了眼睛呆呆地盯着威尔玛。

"她到底是谁？"他问我，"应该不是你妈妈吧，不是吧？"

"就是一个女性朋友。"我回答说，我可不想让全校人都知道我的生活发生了巨变。

"你有女朋友？"他结结巴巴地问，一副不可思议的

模样。真是个笨蛋！我当然不是这个意思！他怎么会觉得我有女朋友？而且还是这样一个？好吧！其实威尔玛也才二十八岁，而且看起来显得更年轻，人们很可能会以为她只有二十二三岁的样子，隔着挡风玻璃可能看起来只有二十岁！但保利把她当成我的女朋友，真是疯了！两节课中间的休息时间，保利又偷偷告诉了几个同学，但他们也都只是摇摇头，根本没把它当真。

他的声音提高了，大到我都能清楚地听到："但我亲眼看见了！这可是个大新闻！"

这个笨蛋明天早上还能亲眼看到更精彩的事呢！我要在告别时给威尔玛一个吻！到时他又有得八卦了！

放学后我约了伍茨和卡利一起去蛋糕店。因为妈妈和爸爸之前在咖啡馆见过面了，事后爸爸只告诉我，妈妈"暂时"对我目前的住所表示理解。不管我怎么缠着他，他都不肯告诉我更多内容了。所以我只能去找卡利，问

问她爸爸妈妈谈话的具体内容，因为我觉得妈妈肯定和卡利讲过。但卡利自己的问题都多得快要溢出来了，我根本没机会问她。这可怜的家伙真的够惨的。

最糟糕的，当然是她的学业，要么留级，要么补考两门功课，她只能二选一。这对她来说都差不多，因为秋季学期的补考她从来就没成功过。

我姐姐完全没有学习头脑。只要我不失误，她真的还不如我，我可比她低了三个年级呢。

其次，她每天早上都要送斯皮迪去学校，一路上都得忍受这个背着鼓鼓囊囊的书包、哭哭啼啼的小家伙。

再次，现在她放学后也得照顾斯皮迪了，幸好还有伍茨陪她。因为妈妈晚上总是出去，和一个叫"Zwickleder博士"的人一起，谁知道应该叫他"茨维克雷德"还是"茨维克爱德"呢（译者注：音节断的位置不同，发音也不同，后文统一翻为茨维克雷德）。他是妈妈的税务顾问，但卡利觉得，像毛线店这样生意这么差的一家店根本不需要一个礼拜讨论三次，肯定是私事。而卡利并不认可他们的私事，不是原则问题，她只是不喜欢这个茨维克雷德。

最后，妈妈每天在家时都很阴郁难过。她得靠吃安眠药才能睡着，不然她就得无休止地为她的毛线店操心。卡利说那个合伙人已经完全不关心毛线店的事了，现在她就想把投进店里的钱拿回去。而根据妈妈和她签订的协议，她是有权这么做的！

尽是些烦心事！但就算这样，卡利也不能那么恨恨地看我啊，还说："好啊，算你嗅觉敏锐，及时逃走了！"

这真是把我气坏了。他们忽略了我最基本、最重要的需求，把我逼走了，现在又说我自私自利！

说真的，我应该是在给妈妈赚钱才对，因为爸爸还是按照离婚时约定的金额给妈妈转钱，而当时法官是把我的份额算进去的！我就想知道妈妈对我的看法是不是也和卡利一样。自从我离开我们那个空荡荡的家后我就

再也没见到过她了。

昨天我很想去毛线店看看她，因为威尔玛觉得我不能躲着妈妈。她说妈妈的生活很不容易，从她没有强行把我带回去就可以看出来，她是个有爱心又善解人意的人。威尔玛说妈妈本来可以强行把我带走的，但她没这么做，因为她爱我。

说到爱，爸爸和威尔玛之间的爱也不完全是如胶似漆、万事大吉、值得歌颂的。我在这里住了快一个礼拜，已经遇到好几次危机了，还有两次小吵！威尔玛不像妈妈那么有耐心，一旦她觉得爸爸有什么做得让她不高兴的，她会马上用激烈的言语让他知道。爸爸对我说，他不得不和威尔玛吵架，他是在租下新房子后才和她生活在一起的。他说，之前每天下班见面，半夜分开的日子比真正生活在一起简单多了。

威尔玛对我说，和爸爸住在一起的这几个礼拜让她从认识了三年的爸爸身上看到了她从未见过的东西。这

些东西可不是什么让她愉快的特质。我对于她竟然已经和爸爸亲密接触有三年了感到非常惊讶，因此我们就她和爸爸的关系展开了具体的讨论。可怜的威尔玛对妈妈充满了愧疚感。她一再强调，她是过了一年多时间才接受爸爸的，因为她不想破坏有孩子的家庭。当她知道爸爸妈妈的关系毫无疑问已经无法挽回了的时候，她才打消顾虑的。

还是回头继续讲我去毛线店看妈妈的事吧。

我在店门前一直等到客人走完为止。可把我等惨了，因为那些可恶的女人不仅仅是买几团毛线那么简单，她们还要翻翻杂志，让妈妈给她们看点儿图样，花大把的时间给她们讲解编织纹样。终于，店里的人走光了。我走了进去。妈妈努力想表现出好像我们之间什么都没发生过，一切都很正常的样子。我也一样和她说笑着。这时，斯皮迪从家里跑了下来，因为他有道算术题不会做。我给他讲了题目，等我讲完时，又有客人进来了。随后

又进来两个女人。我只好先走了，因为蹲在那里看妈妈给她们讲解编织纹样也没什么意义。但至少我知道了一件事，妈妈并没有生我的气。

爸爸是个很有爱的人，威尔玛也是个很有爱的人，但两个有爱的人在一起却不一定是和睦的，这从爸爸妈妈的婚姻里就能看出来。我在这里待得越久就越清楚，爸爸和威尔玛的关系也没那么和谐。我刚搬过来住的那几个晚上他们表现得很克制，但现在，既然已经回归了日常生活，他们就不再克制自己了。他们之间上演的剧目和我在家里看到的简直一模一样。有些场景我都能直接背出台词来了！

他说："关键是，女人就爱找碴儿！"

她说："是谁先发火的？看看你自己的臭脸就知道了！"

他说："我的脸是我自己的事！"威尔玛一时语塞了，

我都能帮她解围："别让我看到就行！"

然后他会说："好啊，要是我的脸让你不开心了，我走就是！"

然后她说："好极了！终于让你找到走的理由了！"

我问我自己，从这种新的体验中我到底能得出什么结论？是所有夫妻都会用同样的话吵架？还是妈妈和威尔玛本来就很像？

也许我该试试耳塞！但那种东西也很讨厌。以前在家里时，我试过一次用那玩意儿塞住耳朵，因为卡利在旁边大声放足球电台，里面的音乐简直烂到家了。但是耳塞虽然能屏蔽掉周围环境的声音，却把自身的声音放大了，那种感觉简直可怕。我能听到自己身体里发出的敲击声和摩擦声，滴答声和窸窣声，还有嗡嗡声和呜呜声。外婆经常戴着耳塞睡觉，因为她住在一个热闹的街区，她觉得这些都只是开始时会有的问题，等过上几天你就能适应自己身体内部的声音，你就不会再听到它们了。但要是戴耳塞的话，我都能忍受斯皮迪了，那我完全没必要搬来和爸爸住，让妈妈心里不舒服了！

可是，我真的快受够了！半小时前爸爸回家来了，威尔玛是十分钟前回来的。现在我们在干吗呢？你猜。对，你赢了！我们在吵架。因为威尔玛打电话到爸爸办公室，让他在下班路上买点儿香肠片和啤酒带回家，她得加班。爸爸不肯买东西，还为此生气了，因为他得坐公交车回家。正常情况下都是威尔玛比爸爸先下班，就由她开车去接爸爸，这是出于环保的考虑，没必要开两辆车多排废气。

威尔玛像一道愤怒的闪电冲进家里，要和爸爸好好讨论一下这件事。但爸爸只说："别激动，我们先去吃饭！我就不适合提菜篮子！"

威尔玛火了："当然不是！你就是大男子主义，是个该死的混蛋！"

爸爸又一次说了那句话："关键是，女人又要找碴

儿了!"

随之而来的又是一堆关于"摆臭脸"和"摆臭脸是我自己的事"的争吵，然后就是"如果不喜欢我的脸我可以走"，以及"很好，终于找到走的理由了"。

然后，他就很自然地对她说："你这个母牛，够了，听我说!"这些话与他因为比慕斯老师的事以及家长会的事和妈妈吵架时说的一模一样，连语气都一样。威尔玛的回答有点儿出人意料："听你的？你可不能指望一头母牛干这种事!"

她是不是去我妈妈那里取过经了？

我很快就彻底厌倦了他们这些破事!

最终压垮骆驼的那根稻草是威尔玛来到我的房间门口，一副准备出门的装扮。她和妈妈不同的地方在于，每次吵完架，妈妈总是郁闷地待在家里，而威尔玛则是出去尽情享乐。

"阿尼，和你爸爸说一声——"她开口说，但我没让她说完就打断了她："我不是邮差！"

她很可能没明白我的意思，但至少她一直等着我把所有生活必需品装进背包，拉上拉链。然后，她开车把我送去了妈妈的新公寓。路上，她说真的很抱歉让我经历了这些事，她是认真的。而且，她随时欢迎我回去住，就算哪天爸爸搬出去了，她一个人住在那套公寓里，她也欢迎我去。显然，她觉得这种情况是很可能发生的。从她的话中我还明白了一个事实，从本质上说，我不是搬去了爸爸家，而是威尔玛的家，那套公寓是她的。我有点儿尴尬，而她从来没强调过这一点。如果我早知道，绝对不敢要求去那里住她的，花她的！

妈妈打开门看到我时，眼里泛起了感动的泪光。她本来还要织一件毛衣，但她决定先放一放，给我烤了饼干小肉卷欢迎我回家。

卡利脸皮真够厚的，她说她赌赢了。但首先，我们

根本就没打赌；其次，我是自愿回来的，不是被妈妈逼回来的。

　　而斯皮迪这小家伙确实也很努力地想当个好室友。他在房间里走路都踮着脚尖，只是他这样小心走路的时候又不小心碰翻了他的大玻璃弹珠瓶。然后，在安静了两分钟后，他骄傲地宣布："嘿，你看我已经为你安静一个小时了！"

一些认真的想法

斯皮迪讲述的故事

　　妈妈答应在我生日的时候送我一双轮滑鞋，但其实我根本不需要。我们现在住的地方完全没法儿在房子前玩轮滑，因为每天都有很多人走来走去，还有好多车子。附近也没有可以玩轮滑的公园，这里的公园都只有石子儿小路。毫无疑问，我不喜欢住在这里！这么大一幢房子里居然都没有别的小孩，而住在隔壁楼里的孩子我又不认识，也不知道该怎么去认识他们，他们不像我们以前住的地方的孩子那样会在房子前玩。

　　隔壁楼有一个和我年纪差不多的男孩，我在街上看到过他几次，他看起来是个很不错的人选。但他总是看都不看我一眼就从我身边走了过去。卡利觉得我应该写一张字条，贴在他们楼道的黑板上。

字条上可以这样写：

　　亲爱的男孩，我很无聊！来找我玩吧！我住在隔壁楼，房间号是7！

斯皮迪

她当然不是认真的。她说这话的时候笑得可坏了。

我在这里只认识一条狗。它总是在小巷子里跑来跑去，我不知道它是谁家的。妈妈说我不能去摸它，它可能会咬我。但它肯定不会咬我啦，每次它远远地看到我就开始摇尾巴了。

新房子最糟糕的地方是它离学校真的很远。我得坐两班电车才能到学校，先坐一班，再换乘另一班。卡利上学的路线和我一样，我们总是一起坐车。她早上脾气很差，还说我害她迟到，因为在换车的时候，电车已经到站了，但我跑得不够快。要是没有那么多人挡在路上，我可以比卡利跑得更快。

卡利说到我的时候真的很过分！不久前，我们在换车时遇到了卡利的一个女同学，她人很好。她对卡利说："你弟弟好可爱啊！"

"可爱?"卡利回答说，"我可以把他借给你一个礼拜，到时你恐怕不是恨不得杀了他，就是索性杀了你自己了!"

阿尼也没有好多少。现在他又搬回来住了。妈妈请求我在阿尼待在家时尽量安静点儿，不要去打扰他。我真的已经很努力了，但他从来不满足。我只要稍微和他讲几句话，他就开始骂我，让我安静点儿。

虽然他上学的路线也和我们一样，但因为不用送我去学校，所以他总是提前十五分钟出门。卡利向妈妈抱怨说他逃避责任，而她则不得不为我"操劳"。但从现在开始，我再也不需要他们两个了！我可以一个人坐车去学校，我昨天就做到了。

事情是这样的：

早上我起床时，阿尼和卡利都还在睡觉。我想，好极了，我可以一个人独占卫生间，再也没有人会把我从洗脸盆前挤开了。

很快我就洗完脸刷完了牙，那两人还在睡觉。我跑进卡利的房间，拽住她的一条腿拉了好久她才醒过来。因为她不肯起来，我就对她说我们上学要迟到了。她在床上翻了个身，嘟哝着说："我今天没课，快走开！"

于是，我又跑去把阿尼摇醒了。毫无疑问，阿尼已经疯了。从几天前开始，他就拖了一堆乱七八糟的东西放到我们房间里，木板、木条、木杆、绳子、纸板、罩布，甚至还有一把带底座的遮阳伞，那是他在后院的垃圾桶旁边找到的。他用钻孔机在他的床四周的墙上打了

许多洞，有些洞里还旋上了墙钩。他没告诉我这是在干什么。

阿尼被摇醒后就让我滚开，他说他也不上课。今天中学部老师开会。

于是，我只得跑进了妈妈的房间。她已经起来在织毛衣了。她说她得抓紧时间了，要在九点开店前把这件毛衣织完，有位太太九点钟来拿，要是到时完不成，她就得挨骂了。

虽然妈妈很乐意开车送我去学校，但这样一来，毛衣就完不成了。我说我可以一个人去学校的，因为我已经和卡利一起练习过四个礼拜了。我向妈妈保证会万分小心的。

"我闭着眼睛都能找到路。"我说。

出门时我遇到了那条狗。我从书包里拿出早餐面包，可惜妈妈给我涂的是奶酪。通常狗狗们不喜欢吃奶酪，

它们更喜欢香肠。我把奶酪面包放在门背后留给了狗狗，这样就没人看到我把自己的早餐面包喂给它了。因为之前有个老奶奶看到后很激动，她说这是一种罪过。我不知道这为什么是一种罪过，也不知道那条狗狗有没有把我的奶酪面包吃掉。反正中午的时候奶酪面包已经不在门背后了，但那也可能是被清洁阿姨扫掉的。

因为没了早餐，我只能去面包店再买一个月牙面包。我在那里排了好长时间的队，大人们总是不停往前挤，把小孩挤到了后面。当我终于买到面包时，已经七点半了。我闪电般跑向车站，公交车也正好到站。我一直站在门口，这样就不会错过下车的站了。我确实没有错过！下车后我连忙跑下自动扶梯，然后又跑去坐1路车。

我当然知道这个车站不仅停1路车，44路车也在这里停。这个车站会停两路车。但是由于我不想迟到，当我看到那里正好停着一辆车时，就高兴得把这事给忘了。我上了车，还有许多人拥在我身边一起上了车，因为他们都比我高大得多，所以我没看到这辆车是44路车！

公交车上塞得满满当当！我像是挤在沙丁鱼罐头里一样，和其他人之间完全没有空隙。要是我能朝窗外看一眼肯定就会发现自己上错车了。因为我看不到窗外，只好问一位叔叔还要多久才能到多恩巴赫街站。然后，我就知道自己上错车了。他们给我让出路让我下车，还跟我说了该怎么坐回去，但我没听懂。

我下了公交车，根本不知道自己现在在哪里！

这时我看到一幢房子前停着一辆出租车，司机坐在里面。我走过去问他我应该怎么去多恩巴赫街。出租车司机开始向我解释该怎么走，这时，一位先生从楼里出来朝这里走了过来。他就是叫车的客人。遇到这位先生真的太幸运了！他说把我带回学校对他来说没什么问题，我可以上车！

所以，我正好准时到达学校了。同学们应该看到我从出租车上下来了，这可是从没有过的事！

　　我稍微吹了点儿牛，只是想玩一下。我说是我爸爸给我叫的出租车，这样我就不用坐该死的公交车上学了。而且，从今天开始，我每天都要坐出租车来上学！

　　这对我没一点儿好处。因为第二天我就没有坐出租车。他们开始嘲笑我，问我是不是我爸爸没钱了。我说："才不是！今天出租车司机罢工！"

　　我觉得他们应该信了。但是明天我该怎么说呢？管他呢，明天我就说，我更喜欢坐公交车！

　　阿尼用那堆我不知道用来干什么的东西搭了一个棚屋。他把这座围在他床边上的棚屋称为小木屋。但它看起来就像我们在电视里看到的那些可怜的南美人搭的棚屋。只不过那些可怜人用锡皮的地方阿尼用了硬纸板。为了让他的小木屋保持稳定，阿尼在房间里拉起了绳子，木屋的墙壁挂在绳子上，那把旧遮阳伞被当成了角柱。房间的墙上多了很多洞，因为我们的墙质量不太好，为了成功地把墙钩塞进墙洞，阿尼不得不打出了好多洞。他得用墙钩把绳子拉开。

妈妈非常讨厌这个小房子，但当着阿尼的面她什么都没说。

我也不喜欢这个小棚屋。更让我不开心的是，阿尼搭起这个房子就是为了可以不用看到我，不用听我讲话。据说这个小房子隔音效果很好。

卡利对我说："别抱怨了，你得庆幸他这棚屋不是给你搭的，没把你塞进去！"但妈妈肯定不会让他这么干的！我又不是兔子，可以随便让人塞到圈里去。

我为什么不是伍茨的弟弟呢？那样的话，我肯定会比现在过得好多了。伍茨一直对我很好。他会教我做作业，如果我请求他的话，他还会陪我一起恶作剧，或者玩抽乌龟（一种扑克游戏）。他比阿尼和卡利对我好多了。现在我有点儿担心伍茨可能再也不会来找我们了。

我偷偷听到卡利对阿尼说，她最近跟一个叫可尼的家伙关系很好，但她不想让伍茨知道。阿尼向她保证说不会把可尼的事告诉伍茨的。

但伍茨还是知道了，这都得怪妈妈。但她也没办法，因为她根本不知道还有个可尼，所以她让伍茨不要每天晚上都带卡利出去，卡利得学习，还得按时睡觉，否则她的成绩会更差的。

但伍茨根本没有在晚上带卡利出去过，是可尼！于是，伍茨知道了卡利另外还有一个好朋友。这让他很难过，就默默地回家去了。

今天中午我给他打了个电话，他向我保证说会来看我，但听起来并不可靠，而且他的声音还充满了悲伤。

我挺喜欢茨维克雷德博士的，因为每次他来找妈妈都会给我带礼物。而且他总是很快乐的样子，只有当他和妈妈商量毛线店的事时才会皱眉。我完全不介意他每天过来，但只能在白天！他和妈妈晚上还要出去就不必

了！他也不必亲她！但他这样做了，我看到了。那是一次巧合，我不是故意的！有天晚上我被砰的一声吵醒了，发出这个声音的当然是茨维克雷德先生那辆大车的车门。我爬下床，从窗口望出去，看到妈妈和茨维克雷德就站在楼前。像电影里演的那样，茨维克雷德亲了妈妈，亲了很久很久，双手抱着妈妈，为此他的帽子还被碰掉了呢。但我不会把这件事告诉阿尼和卡利的，因为他们也什么都不跟我说，而且毫无疑问，他们也不喜欢茨维克雷德。要是他们知道了亲亲的事，肯定会骂妈妈的。

然后，又发生了一件让我很激动的事！妈妈又要和茨维克雷德出去，去吃晚饭。走之前她想把我哄到床上去，因为卡利和阿尼说他们没法儿把我哄睡着。但这根本不是真的！我只是不能理解为什么我要比他们早睡！现在我根本睡不着，因为卡利看电视节目声音那么大，电视里放黑帮枪战时我的床都被震得抖起来了。

而且，凭什么妈妈要去吃饭，我就得上床睡觉？于是我跑进厕所说我要拉臭臭。我经常拉不出来，所以总是要在厕所里待很长的时间。我觉得妈妈肯定等不了那么久。

妈妈想到厕所里来找我，但我把它锁上了。厕所里装了一把旧转锁，可以把门闩上。妈妈说过让我们不要用它，因为它是坏的。但我忘了这件事，我只想着不要被妈妈赶到床上去。

妈妈冲卡利的房间喊了几声，让她等我拉完臭臭就把我带到床上去，然后她就走了。当公寓门关上时，我准备从厕所里出来了。我想转开门把手，却发现它已经断在我的手里了！门锁坏了！我大声向阿尼和卡利求救，一面用手拼命砸门。一开始他们没听到，我只能叫得更加大声，他们才终于过来了。狭窄的厕所里都快没氧气了！可能所有人都会说这是我自己幻想出来的，但我不是傻子！我知道我快喘不过气来了！

当我发现卡利和阿尼也不知道该怎么办时，我害怕得放声大哭起来。我觉得我就快要憋死在全是屎尿的小房间里了！

这时，阿尼想到了一个办法。他让我坐到马桶上，把脚抬起来，免得被他弄疼。然后他就开始砸门，把厕所门下半块的镶板砸坏了，发出一阵巨响。我从那里爬了出去。这下我们的厕所门变得搞笑极了。当有人坐在马桶上时，从外面可以清楚地看到他膝盖以下的部分。妈妈找过好几个木工，但他们都没时间上门来干这么点儿小活——修厕所门上的方洞！有一个木工想让妈妈换一扇厕所门，但妈妈拒绝了，她说太贵了。好吧，现在我们连买厕所门的钱都没有了！

卡利发现了一封非常无耻的信，是特蕾莎·夏洛塔写来的。她要妈妈付给她很大一笔钱，马上付，不然她就要去法院告妈妈。

卡利告诉我，这是很大一笔钱，按照我的零花钱来算，够我用四百年呢！如果妈妈被告了的话，她肯定会输，到时我们都会被抵押出去，所有东西都会被拿走，甚至我们的床，我们的学习用品。

妈妈想向茨维克雷德借钱。卡利对此非常激动，当然她没在妈妈面前表现出来。为此她还把阿尼从他的小棚屋里拉了出来。她说现在发生了这么多事，他不能总躲在他那该死的避难所里。

她把信和钱的事都告诉了阿尼，还有妈妈打算向茨维克雷德借钱的事。阿尼似乎并没觉得有什么大不了的。

但卡利觉得，除非茨维克雷德想和妈妈结婚，不然他不会拿出这么多钱来。我们不能让更坏的事发生！得想办法从别的地方弄钱，不然妈妈真的要嫁给茨维克雷德了，不管是出于感谢还是别的什么感情。

"我来弄钱！"卡利说。然后她又说，阿尼和我应该和她一起去弄钱，因为我们三个人的力量比较大。

　　她带着我们一起坐车去了爸爸的办公室。阿尼一路都在说这样做没用，因为他知道爸爸毫无疑问没有那么多钱。

　　"他可以帮妈妈去贷款。"卡利说。

　　看到我们走进办公室，爸爸非常惊讶。卡利告诉了他我们过来的原因。阿尼说对了：爸爸没那么多钱！而且他也贷不到款，因为他还不起。他现在还在还妈妈为毛线店贷的款呢。而且他还要付我们的抚养费。他说他可没有冤大头帮他买单，妈妈就不该开那家该死的毛线店！他一直是反对的。他向来认为，开这家店赚不到钱！但这是不对的，自从妈妈整天都待在店里后，生意已经好起来了。卡利对爸爸说了，但爸爸还是摇头不相信。

　　然后，阿尼站起来说他要走了，反正待在这里也没用。卡利表示赞同，也站了起来。我本来还想和爸爸再待一会儿，但卡利抓住我把我拉下了凳子。我还没来得及给爸爸一个告别的吻呢。

回家路上我不得不向卡利发誓，不会把这次失败的行动告诉妈妈，因为卡利觉得妈妈要是知道我们去向爸爸讨钱，肯定会生气的。她说，妈妈有她的尊严！

现在只能指望茨维克雷德来掏钱了，我想了一下，要是妈妈真的嫁给了茨维克雷德会怎么样。也许根本没有卡利想的那么可怕。他有一次对我说过，他有一座大房子，还有花园。如果我们搬到那里去住，我就可以在花园里玩了，还能在房子前玩轮滑。阿尼也可以有他自己的房间。但茨维克雷德还说过他有个大儿子，和卡利一样大。茨维克雷德也离婚了。但我不知道为什么他的大儿子没有和妈妈住，而是和他住在一起。

如果他的大儿子和伍茨一样有爱也挺好的。但大部分大男孩都没那么好，伍茨是个例外。他儿子可能是个超级讨厌鬼。我可不想再多个人来不停地对我说"安静点儿"，或者说我"是个灾星"。

但爸爸和威尔玛住在一起就挺好的。威尔玛总是帮着我，爸爸不肯给我买第二个冰激凌吃的时候，她就会去买，然后说："冰激凌对孩子胃不好的说法是种迷信！"

最近一个星期天，我和爸爸还有威尔玛一起出去的时候，我们去了动物园。我和威尔玛一起站在狮子笼前，旁边还有一位女士，她对威尔玛说："呀，您的儿子真的非常非常迷人！"

威尔玛大笑起来，把我拉近她身边，对那位女士说："是啊，有这么棒的孩子真是件非常幸运的事！"

我的生日就快到了！我相信威尔玛会送我一辆遥控吉普车，我在玩具店的橱窗外指给她看过。茨维克雷德肯定也会送好东西给我！

我们不用向茨维克雷德借那么多钱了，我们还喝了香槟！妈妈、威尔玛和我！卡利没有喝，因为上次我们还住在自己的房子里时，她喝光了一整瓶香槟，为此她头疼恶心了整整两天。从那以后，只要看到香槟瓶她就恶心得不行。不过，她当然还是很高兴的！

威尔玛给了妈妈相当于四百年的零花钱那么多的钱。现在威尔玛成为妈妈的合伙人了。这些钱是她几年前从一位阿姨那里继承来的，她把它们存在银行里。至于威尔玛为什么会成为妈妈的合伙人，卡利、阿尼和我都不是很清楚。不过阿尼也不在乎，毫无疑问，他就喜欢躲在他那该死的避难所里读书，只有在上学、上厕所和吃饭时才出来。我们不知道爸爸对威尔玛这样做抱有什么想法，以后我们会想办法弄清楚的，不过目前我们只知道，当我们，我和卡利下午去店里打算问问妈妈晚饭还要买点儿什么时，妈妈却不在店里，代替她的是威尔玛。然后，妈妈来了，把一瓶香槟和两只玻璃酒杯放在桌上。我是用水杯喝的香槟，我们互相碰杯，祝愿"生意兴隆""合作愉快"。我很高兴现在妈妈和威尔玛成了好朋友，因为这样我就能当着妈妈的面说我喜欢威尔玛了。之前，我以为妈妈肯定不愿意听到这样的话呢。

　　还有一件让我高兴的事：现在，没有爸爸我也能见到威尔玛了。之前，因为爸爸和威尔玛也经常吵架，如果他俩在来接我前吵架了，爸爸就会一个人来接我，威尔玛就不来了。即使我对他说我希望威尔玛一起来接我也没用，这只会让他非常非常生气。

废　墟

卡利讲述的故事

　　我彻底改变了对威尔玛的看法，她真的是个很棒的人。不过，我从来也没觉得她讨厌过，我还对她说，让她尽管放心爱我爸爸好了，不用考虑他的家人。但她从来没有忽视过我们的感受，不然她也不会给妈妈那么多钱。她说她这样做是出于生意的考虑，因为把钱拿出来赚钱总比烂在银行里要好。但这显然是在撒谎，想让钱赚钱，任何有生意头脑的人都会把它们放到更好的地方，而不是投在妈妈这家半死不活的小店。

　　她这样做就是为了帮助我们。她告诉我，为了说服

妈妈收下这笔钱，把她当成合伙人，可花了她不少力气呢。与破坏自己婚姻的人成为合作伙伴也不是件容易的事，可尼甚至觉得这有点儿反常。但为什么妈妈要一直恨威尔玛呢？威尔玛说的也有道理，她并没有破坏爸爸的婚姻，因为在她出现前，他们的婚姻就已经出现问题了。

而且现在，爸爸和威尔玛的关系也出现了危机。毫无疑问，爸爸也许就是不适合长久和睦的关系吧。虽然他也那么可爱！但这和我又有什么关系呢？我对于爸爸和谁在一起、不和谁在一起并不怎么感兴趣，反正我又不用和他住一起。妈妈和茨维克雷德的事才是最让我牵肠挂肚的。现在他们已经没有一天不见面了，她也不再拿税收的事当借口。我可不想让那个老家伙当后爹！更糟的是，他已经把自己当成我爸爸了！他居然还主动提出教我数学！"谢谢，我已经有补习老师了。"我是这样回答他的，可他说："但是那要花掉你母亲很多钱，这笔

钱是可以省下来的!"

这和他有什么关系?他干吗要插进来?而且我现在只需要补数学就行了,因为我只剩下了一门补考。天知道英语老阿姨最后为什么送了我一个及格分。作业分我才得了4.7分(译者注:德国评分等级1分为优秀,2分为良好,3分为中等,4分为及格,5分为不及格),口试也差得离谱!

罗希说这次我得感谢伍茨,据说他在确定分数的前一天去找了英语老师,替我说了很多好话。他可是英语老阿姨的得意门生。据说他向她保证,会给我补一整个假期的英语,把落下的都补上。

我想不到伍茨会为我做这些事,他还在生我的气,也不肯跟我讲话。但如果是伍茨,这又绝对是可能的!他是个很好的人。

坦白说,去年开学时可尼刚从另一个学校转学过来,我就被他吸引了。只是那时他看都没看我一眼。七年级

的先生们总是看不到我们这些人的。直到在莉莉的生日派对上我们才成为了朋友。

可尼和伍茨太不一样了，他真的太帅了，完全就是我喜欢的类型！我认识伍茨太久了，如果拿水来比喻伍茨和可尼的话，伍茨就像平静的湖，湖边芦苇丛生，鸭子在水面上嬉戏，湖上飞着蓝色的蜻蜓；而可尼就像瀑布，像海浪，或者像山涧。

不管如何，我很高兴终于快要放假了。每天上午要承受伍茨五六个小时的怨念眼神可不是件容易的事。更何况还有来自我们班里一些大嘴巴的不怀好意的闲言碎语！他们完全不懂礼貌，总是不知廉耻地大声调侃伍茨："呀，没有亲爱的卡罗琳娜啦？分桌子分床啦？被7B班帅气的可尼挤掉了？"

每次一下课，这些白痴就密切关注我有没有在看伍茨，是怎么看的，他有没有看回来，又是怎么看回来的。然后他们就开始讨论我们会不会和好，说责任都在我，

因为我是个"踏着伍茨的尸体走过去的冷血的家伙"。

我很难过，他们一点儿都不体谅我，事实上他们也不同情伍茨。我们不过是他们的谈资。我都快被逼疯了，放假前的最后一周，我甚至想，索性就让我留级再读一年吧，我真的不想再和这些混蛋一起上课了！

当然，罗希是个例外。毫无疑问，她一直支持着我。最让我感激的是，虽然她喜欢伍茨，不喜欢可尼，但她对我说："如果是关于你的事，作为真正的朋友应该收起自己的喜好，从你的角度来考虑事情！"

"人生无常。"威尔玛经常这样说，对此我也深信不疑，但我没想到变化会来得这么快，毫无预兆。

我和罗希、可尼一起去游泳池玩。我把数学作业也带在身边，因为第二天我得把二十道做完的题交给我的数学补习老师。他就靠折磨我来赚取高昂的报酬，而且还不停地对我宣扬他那该死的金句："就算你睡了十个月

什么都没干，只要有目标，肯努力，也能在六个礼拜里把落下的都补起来！"

为了不影响我和可尼聊天，罗希很识趣地单独占了一把休息的躺椅。但可尼却只想监督我把数学题做完。我并没有要求他这么做，事实正好相反，但他完全不听。他一边从我的铅笔盒里拿出一支红毡笔在我的计算本上画来画去，一边喋喋不休地说这些题都太简单了，我应该庆幸我的老师手下留情，要是遇到他的数学老师胡贝，我拿到的题肯定要难多了。

他表现得就像一个完美的首席老师！然后，他又开始给我详细讲解数学题，发表了一通长篇大论，以一种毫无疑问我根本没法儿理解的方式。我就是没有计算的脑子，唯一行得通的办法就是把计算步骤背下来，像背一首诗一样。就连我的数学补习老师都意识到这一点了，他已经开始这样培训我了。

我对可尼讲了这件事，但他还是自顾自地给我上课。

因为我既不想理解他讲的内容，也确实跟不上，他就非常生气："你这个懒鬼！懒得要死，还不专心！"然后他又补充说："恐怕再也找不出像你这样把自己看得这么笨的人了！"

我完全没想到他会对我说这种话！他深深地刺伤了我内心最深处的自尊！我抓起堆在躺椅上的杂物塞进洗浴包里就要走，他阻止了我，但并不是要为他那可恶的行为道歉，而是直接抓住了我的左腿。我还从来没遇到过这种情况呢，因此直接抓起洗浴包就朝他脑袋上打去。我记得没错的话是打了两下。他放开我的腿，一拳打在我的包上。他用了很大的力气，把我的包打得从手上飞了出去，画出一道长长的抛物线。当然，我的东西也全都散了出来。其他躺椅上的人都不怀好意地笑着看我去捡东西。更尴尬的是，我的卫生棉还从盒子里滚了出来！

可尼就站在旁边看着我捡东西，还一边大声说："女生真是爱发神经！"

"你不发神经就好！"我讥讽地对他说，然后故意趾高气扬地走了。隔壁躺椅的一个男孩追上来，递给我两枚卫生棉，那是我在捡东西时落下的。

在被一个男孩将两枚卫生棉塞到手里时羞红了脸其实挺蠢的，这不过就是很普通的一件事嘛。但如果涉及到男孩和女孩之间，好像再普通的事都会变样。我不知道为什么会这样，但早在我第一次来月经时，我和妈妈之间就多了个女人之间的秘密。一次，斯皮迪在脏衣篮里看到我的一条沾了血的裤子，他问妈妈，我是不是屁股受伤了，妈妈并没有告诉他真实情况。而当时在场的爸爸也表现得好像突然又聋又瞎了。

说到性别的问题，理论和实际总是相差甚远。妈妈和爸爸一直坚称他们在这方面没什么隐瞒的，他们既不装模作样，也不过分压抑，在性别问题上也很开明。那为什么我在整整十五年的时间里，从来没看到过爸爸完全不穿衣服的样子？要让他什么都不穿从我面前走过去

还不如让他钻进地洞呢！

　　很久以前，有一天晚上我去找他时他正好坐在浴缸里，还没打肥皂泡。看到我进去，他像触了电一样连忙用手遮住。我故意恶作剧地坐到了浴缸边上，我想他总不至于一辈子都躲在水里吧！

　　我开始愉快地和他聊天，但他始终没有把手挪开。要不是我开始同情他，走出了浴室，他可能真的会一直这样在水里躲到半夜。

　　回到泳池边的事来。我逃到罗希的躺椅边，把可尼怎么对我的全告诉了她。但罗希并不觉得这有多么过分，她说我最近太敏感了，可尼说我把自己看得那么笨，也就是说，他并没有觉得我很笨。

　　为此我还差点儿和罗希吵起来，正好这时伍茨和斯皮迪朝我们走来。斯皮迪很喜欢伍茨，而伍茨完全不知道该怎么招架这份感情。斯皮迪可不是个含蓄的人，他想怎么样都会说出来。他简直就是烦人的虱子。他想来

泳池，但我不愿意带他，阿尼也没打算陪他在泳池闲逛，他就直接给伍茨打电话，磨了他好久，伍茨果然屈服了。

当然，伍茨也可能是自愿陪斯皮迪来泳池的，因为这样他就可以名正言顺地和我讲话了。和往常一样，要是斯皮迪不在，伍茨可能不会那么干脆地过来，但斯皮迪把他拉了过来，而且很快就在我们的躺椅上做好准备，摊开了浴巾。

罗希对伍茨说："坐吧！"

伍茨接受了罗希的提议，坐下来，但没有看我。斯皮迪去玩水了，罗希则去买冰激凌了，很可能就是为了让我和伍茨能有机会谈谈。

一开始我简直尴尬死了，离伍茨这么近，又这么沉默。然后他开口对我说："如果你不想我待在这里，就跟我说。"

我只想叹气，心情差极了。我支起腿，把脑袋架在膝盖上，脸朝着自己。

"真是糟透了。"我对着自己的膝盖骨喃喃地说。但伍茨并没有理解。

"关于什么事呢?"他问。

"所有事情!"我回答说。然后,我问他为什么不再生我的气了,他说他记性不好,而且他觉得和从小一块儿长大的好朋友怄气也没什么用。说着,他伸过手臂搂住了我。我朝他靠了靠,突然明白了,对我来说,一片环绕着芦苇的安静的湖比一条没有同情心的山涧更加合适。

可尼不只是觉得我把自己看得那么笨,其实,他从来就没有真正理解过我。对于妈妈和茨维克雷德之间的事,他只是说:"你们家已经很奇怪了,也没什么大不了的了!"我向他抱怨假期的安排时,他只会给我泼冷水,说再过两个礼拜他就要和爸爸妈妈一起去希腊玩,到时他每个礼拜都会给我寄明信片的。他兴致勃勃地跟我讲他将要去住的地方,讲冲浪、帆船和滑水。当我跟他说,

我们可能没法儿去度假，因为妈妈没钱时，他居然笑着说："这就是生活，甜心宝贝！"（译者注：原文为英文。）

现在，我又恢复了所有知觉，这些天来发生的事给我上了生动的一课！

我和伍茨起身去散步，然后在冰激凌摊买了一个大大的冰激凌。当我们走出冰激凌摊时，正好看到我们班的莉莉。她正不耐烦地看着一堆朝冰激凌摊挤的人，一边嘀咕着："我的小伙子什么时候才能排到啊？"

我问莉莉柜台前排队的人群中，哪个是她目前的小伙子。她指了指一个长得有点儿矮小，正不停踮脚往前看的男孩。她说是在牙医的候诊室里认识他的，他的内在比外表可要高大多了。然后她又说她得回去收拾行李了，因为明天一大早她就要和爸妈飞去条顿格里，在布拉瓦海岸那边。这时，那个小伙子过来了，成功地拿着两个甜筒离开了排队的人群。莉莉问我会去哪里度假。我回答说很可能哪里也去不了，只有一点点可能会跟着

爸爸和她的女朋友出去玩两个礼拜。（这种可能性很小，因为威尔玛和爸爸也闹掰了，爸爸重新恢复了单身汉的生活。我当然没有提到这些，这不适合告诉同学。）莉莉一边舔着冰激凌，一边大笑着指着小伙子说："和茨维茨维一样，他爸爸也要带新女朋友一起出去！"

听到这话小伙子非常生气，甜筒上的冰激凌球也不小心掉了下来。他很不情愿地说："如果我想讲我们家的事，我自己会说的！"

然后，那男孩又回去准备重新加一个冰激凌球。莉莉从来就管不住自己的嘴巴，她好像完全没把这个茨维茨维的怒气放在心上，用最快的速度告诉我们说这个茨维茨维是个少见的例外，因为他从小就和爸爸一起生活。她说他爸爸很好地扮演了母亲的角色，但从来都不是个好丈夫。对他来说，每个礼拜见三次女人，每次三个小时足够了！只有放假的时候他才会想有个女人在身边，因为他不用上班了，很快就会感到无聊的。但是，莉莉

说，就算是他带去度假的女人，他也没法儿忍受一直和她们待在一起。她说她在茨维茨维家看到过他们度假时的相册："每年夏天都是同样两个男人，和一个不同的女人！简直不可思议。"她说着突然闭了嘴，因为茨维茨维拿着一个新的甜筒回来了。伍茨对他说："茨维茨维，听起来有点儿像刺猬！"

茨维茨维回答说："是从我的姓来的，我叫茨维克雷德，或者茨维克爱德，不管怎么叫都有点儿傻！"

伍茨觉得我听到这个消息后简直是五味杂陈，罗希则觉得没什么感觉！但这是有前提的！几个星期以来，我一直怀着又悲伤又恐惧的心情在担心将要多个继父的事，这简直是场噩梦，一个老家伙（当然他也没那么老）要偷偷地加入到我们家来。现在，在冰激凌摊前，毫无预兆地，我发现危机解除了，我完全想错了，那个咨询税务的人一点儿都不重要了，每周三次，每次和波佩尔鲍尔女士共度三个小时！

　　妈妈每个礼拜和谁一起度过九个小时是她的事，和我无关，我再也不用在这上面费神了！

　　我刚以为自己终于把麻烦降到了可承受的范围，因为只有一门课需要补考了，以为自己终于能磕磕绊绊但还算安然地度过人生了，却不想突然又冒出来一个更大的麻烦，就因为我不是独生女，上帝还赐给了我两个弟弟呢！那天开始的时候还是挺愉快的。早上吃早饭时妈妈很高兴，因为我亲爱的弟弟终于从他的避难所里出来了，穿戴整齐，说要出去。

　　自从阿尼躲进他的棚屋后，妈妈就一直很担心他的心理健康。一个人像条盲蝾一样生活确实不太正常，而且也不健康：没有新鲜空气，光线也都是人造光。放假前至少他上午还会走出那个愚蠢的棚屋，但放假后他就真的只在上厕所和拿饭时才出来了，连电视也不看！而妈妈之所以会这样，是因为她觉得很自责。"要是我能干

点儿，多赚点儿钱就好了，"她对我说，"我就能租一套大点儿的房子，阿尼就能有他自己的房间，也就不会想出这么疯狂的事了！"还有一次她又说："要是我没离婚就好了，我们就还住在原来的房子里，阿尼也不会变得这么古怪了！"

我并不想表现得很激动，但妈妈从来没注意到我也有"心理问题"。她对斯皮迪关心得也不多。她就记挂着阿尼的心理发展，向来这样！他是她最爱的小孩，她自己都不否认。每次她问我们想吃什么，我们三个会说出三种不同的食物，她肯定会做阿尼点的那道。如果我们三个都发烧了，而且都是37.8℃，她就会表现得好像只有阿尼生病了似的。反正，毫无疑问，他的"惊人的智慧"总能让她心服口服。他就是她的小天才！现在，这个小天才自愿从"他的第二层皮肤"（他自己是这么叫的）里出来，妈妈简直高兴坏了！"他又回来了，"妈妈悄悄对我说，眼神闪闪发亮，"他的问题解决了！"

我能不能解决我的问题她就不怎么在乎了。这之间的区别在于：阿尼遇到的是问题，而我只会给她制造麻烦。

反正我遇到问题的时候，妈妈肯定不会像对待阿尼这样对待我：

我们的"盲螈"出洞了。至于是什么把他从"他的第二层皮肤"里吸引出来的呢？是一则报纸广告。他在《信息总栏》里看到有人在清理房子时有许多书要处理，这些书可以免费上门去拿。对我弟弟来说，为了书他什么都愿意去做！

我和伍茨去了老多瑙河边玩，妈妈有点儿不高兴，因为我没有带上斯皮迪。凭什么我就要一直负责带小孩？阿尼也可以带他一起去看书啊！于是，妈妈只能赶在开店前把斯皮迪送去外婆那边。当时她正在给斯皮迪找一条腰带，因为不系腰带的话他的裤子会滑到屁股下面，这时，男孩们的房间里突然传来一阵巨响。妈妈连忙跑

了过去。眼前的景象简直是一场巨大的灾难！阿尼的棚屋完全塌了，斯皮迪缩在一片废墟中，已经被吓得号啕大哭。

小家伙当时在房间里玩足球，足球掉到了阿尼的棚屋的屋顶上。斯皮迪就爬到屋顶上想去拿球，但这个简易的棚屋根本无法承受他的重量。斯皮迪倒是没有摔疼，但他还是哭得很厉害，他觉得阿尼回来肯定会杀了他的，妈妈必须帮他把避难所修好。

因为这事关系到她的心肝宝贝的心理健康，妈妈当然也认为她必须把它修好。她连忙写了一张"身体不适，暂停营业"的字条，让斯皮迪把它贴在毛线店的门上，然后赶忙开始整理棚屋的废墟。斯皮迪不仅把字条贴到了门上，他还想打电话给爸爸，让他赶紧过来帮忙。但由于太激动，他记不起爸爸办公室的电话了，只好打给了威尔玛，她的号码就记在妈妈的电话本上。威尔玛说她会通知爸爸的，她保证。

　　这时，妈妈也意识到仅凭她和斯皮迪两个人是没法儿把那个棚屋搭起来的。于是她给她亲爱的茨维克雷德打了电话。但他不想离开税务所，因为他得写一封很重要的信。但妈妈对他说，阻止一场亲兄弟之间的残杀比写一封该死的信重要多了。

　　威尔玛朝爸爸办公室打了个电话。爸爸不在，而他的秘书则表现得好像她不知道他去哪儿了似的。威尔玛给他留了个信息："桃源小屋被毁，需要紧急支援。"然后，她对同事谎称难受得想吐，可能吃坏东西了，就请了假赶来帮助妈妈。

　　爸爸的秘书当然知道他去哪儿了，爸爸去打网球了，很可能是和他的新女朋友，她只是不想让威尔玛知道。她打电话到网球场，爸爸连忙结束了和女朋友的网球比赛，也赶来帮忙。

　　我当然不知道家里发生的这乱糟糟的一切。我和伍茨正愉快地在老多瑙河里玩耍。茨维茨维也在游泳，而

且正试图和罗希搭讪。罗希并没有拒绝，虽然我对她说了，等莉莉从条顿格里回来，事情可能会有点儿棘手。很遗憾，当爸爸妈妈、威尔玛和茨维克雷德为了重新搭好那间愚蠢的棚屋聚集在一起时，我居然不在家！我都能想象到他们四人相对时眼神中发出滋滋滋的电力的场景！尤其对爸爸来说，这种场合应该很刺激吧！和前妻、前女友，还有前妻的男朋友一起做手工，这可不是经常能遇到的事。而且还是干这种活！你得先把自己当成个傻瓜才行！

他们四个都沮丧得不行，因为这个任务对他们来说根本就是不可能完成的。这时，茨维克雷德想到了一个好主意。他说阿尼造出这个该死的棚屋就是为了能拥有自己的房间，反正现在这个房间足够大，完全可以隔成两间。而且正好有两扇窗户，每个小房间都能有自然光。所以，相比继续搭这个愚蠢的棚屋，他宁可立一道墙！

这个建议获得了一致同意。这支混合队伍立马开着爸爸和茨维克雷德的车去了最近的建材市场。斯皮迪告诉我，茨维克雷德成为了这次行动的总司令，爸爸则是他的下属，因为爸爸不好意思给两位女士分派任务，而茨维克雷德是个更有天赋的业余选手。

这个时候我还在游泳呢，但很快就结束了，因为突然变天了。蓝紫色的天边闪现出一道道闪电，雷声也渐渐逼近。在更衣室里我翻了翻记事本，想看看下次数学补习课是在什么时候，结果发现今天是标了红色的！我整个人都紧张起来：今天是阿尼的生日，而我现在既没买礼物，也没有钱！

我不能向伍茨借钱，毫无疑问，他也没有。罗希主动提出借我十马克，但因为茨维茨维决定给我一支圆珠笔送给阿尼，所以我也不需要她的钱了。那是一支全新的圆珠笔，有着真正华丽的笔杆，是适合总经理用的东西。茨维茨维说他家里有很多圆珠笔，因为他爸爸的客户和许多公司都会在圣诞节和新年的时候送他这种东西。

这支圆珠笔看起来很值钱，因此一开始我并不想拿。但茨维茨维对我眨了眨眼："都快是一家人了！"

茨维茨维真的是个很不错的男孩，虽然光看外表他并不能给人留下多少印象，但只要对他多一些了解就肯定会喜欢上他的。我很好奇莉莉下个礼拜度假回来时会怎么做。她在度假时肯定会搭上一个假期里的小伙子，但这个小伙子不会在这里长住。而且，莉莉不喜欢被人抢走东西，尤其是罗希，毫无疑问，她一直看不上她。

由于天气关系，我和伍茨、罗希，还有茨维茨维离开了浴场。因为很多人都是同时逃离那里跑去电车站的，而电车站里只有一个很小的候车室，而且我们还没到那里，天就开始下起了暴雨，所以我们全被淋得透湿。罗希想邀请我们去她家，算是临时的聚会，但像我这么有责任意识的人当然拒绝了，我可不能忽视亲弟弟的生日！还有生日蛋糕！而且我也有点儿担心，因为妈妈早上并

没有提到阿尼的生日。虽然我以前根本没有想过妈妈会忘记自己孩子的生日，但最近我已经学会了凡事多留个心眼。结果我的担忧确实是对的！（后来她解释说，她是被倒塌的棚屋吓到了，才忘记这个重要日子的，但这完全是借口，因为早上那个棚屋还好好的呢。看她的表现，好像今天最值得重视的事就是亲爱的阿尼终于离开了"他的第二层皮肤"。）

当我和伍茨挤上塞得满满当当的电车，挤在潮湿的人群中回家时，我的弟弟也正从他新交的朋友那里出来。这个人肯定是个滑稽的怪人，这么多书都属于他过世的阿姨，她想把它们送给一个懂书又爱书的人。而这个新朋友觉得他自己没法儿胜任，于是就登广告想找一个真正的爱书人，在所有拜访他的人中，他觉得我亲爱的弟弟是最合适的。阿尼对这些书充满了期待，只是这个书友想让他马上把它们带走，但他阿姨的藏书实在太多了，

阿尼根本不可能坐着电车把它们带回来。就算来回四趟也搬不完，有整整两个立方米的书呢！而且一天之内根本来不及搬四趟——这个书友的阿姨的房子在离市区很远的地方，简直可以说是世界的尽头。

阿尼给爸爸办公室打了电话，想让他开车去接他和他的书。但是爸爸当然不在啊。于是阿尼又打电话到妈妈店里，想让她能在关店后去接他。但妈妈当然也不在店里。他甚至还打给了威尔玛，也是同样的结果！最后，那个书友都已经准备用他的平板车帮阿尼把书运过来了。但就在这时，当一切准备妥当时，天突然开始下起了大雨。而那个书友的老式平板车的帆布车篷已经破了许多小洞。雨淋了进来，书都被淋湿了。而且他们似乎也弄不到可以盖在书上的塑料纸。阿尼和他的书友只能眼巴巴地等着雨停，但它一直在下，而且看起来好像永远不会停了。

那个书友觉得阿尼应该先回家，他答应阿尼，第二

天会帮他把书带过来，反正他也要进城的。

阿尼告诉我，其实他很不想和他的宝贝藏书分开。他都想晚上睡在书上算了。不过那样我们的妈妈可能就得去登寻人启事了。所以他只能乖乖地坐电车回来了。当他到家时，听到从走廊里传出来巨大的捶打声和敲击声，但他完全没想到是从我们的房子里传出来的。当他打开家门时，就被一堆剩余的木材和工具，还有废料绊了个跟跄。他跌跌撞撞地走回他们兄弟俩的房间，看到妈妈正把一块木板拧到隔墙的框架上，爸爸和茨维克雷德正在把一扇门装到板条框架上，而威尔玛正沮丧地试图用石膏封住木板之间的空隙。建筑垃圾已经堆到了膝盖的高度，斯皮迪则在这堆垃圾里穿来穿去，帮忙送啤酒，因为业余建筑工们渴了。

阿尼刚到家不久，我和伍茨也到了。我们到得很及时，甚至还能看到阿尼脸上惊喜的表情。我弟弟总是表

现得非常冷静，但四个大人一起为他做的事情让他非常感动，已经完全没法儿保持冷静了。

他们兄弟俩的床上用品和斯皮迪的杂物被堆在一边，上面盖了一层塑料纸，阿尼蹲在上面，目不转睛地看着房间里面，就像看着天堂。突然，他跳了起来，高兴地大喊一声，像皮球一样从被子和杂物堆成的小山包上弹了下来。你可以想象一下那副样子。我弟弟阿尼一边像皮球一样蹦蹦跳跳，一边还大喊着："我的房间变大啦！"

因为我不知道棚屋倒塌的事，以为这是他们特意为阿尼准备的生日惊喜呢！我有点儿不高兴谁都没告诉我这件事，这让我有种被冷落的感觉。虽然我不喜欢发神经，但能让我弟弟高兴，我还是愿意出一份力的！我有点儿不情愿地问什么时候吃晚饭。

"今天不吃了。"妈妈回答说。

"连蛋糕也没有吗？"我问。

"什么蛋糕？"爸爸问，但话音未落，他就反应过来

了。妈妈也是，她惊得锤子都掉了。

"该死！"爸爸说。

"该死！"妈妈也说。

但阿尼看到"他的第二层皮肤"大大扩展后非常高兴，完全没在意他们忘了他的生日。他恨不得我们通宵干活，把隔墙完成呢。但爸爸和茨维克（从现在开始我决定这样叫他了）坚持我们得去吃饭，因为他们饿了，而且生日总是要庆祝的。但两位先生都决定不洗澡换衣服了，否则他们可能会被饿死。

于是，我们就这样去了街角的餐馆：阿尼、伍茨和我全身透湿，其他人则沾满了木屑和石膏粉。去那家餐馆也是两位先生坚持的，因为那是家很不错的餐馆。但正因为这是家很正式的餐馆，我和妈妈起初并不想去。"穿成这个样子，"妈妈说，"我们最多也就适合去公园的香肠摊那里吃东西！"但爸爸、威尔玛和茨维克全都嘲笑了她一通。

　　要不是茨维克和街角那家餐馆的老板很熟，很可能服务员都不愿意让我们进去。他经常去那里吃东西，已经在那里花了很多钱。但看得出来，服务员和其他顾客都不太高兴，他们肯定没见过这样一群"泥水匠"去那里吃饭。茨维克想擦擦鼻子上的木屑，就从裤子口袋里掏出手帕，结果把各种钉子、螺丝和垫片也一起带了出来，它们掉到地上，滚到了擦洗得极其干净的地板上。尴尬极了！当然，斯皮迪还碰翻了他的苹果汁！我去上厕所时，正好隔壁桌的两位女士也在厕所，其中一个对另一个说："我们边上那群人真是奇怪，跟这里一点儿都不配！来这里的都是些什么人啊？"

　　"不知道，"另一个回答说，"反正其他客人应该都不高兴！"

　　好吧，可能我们确实是很奇怪的一群人！就算我们没有被雨淋湿，没有沾满木屑和石膏，可能也并不讨人喜欢。不仅是别人不喜欢，我们自己相互之间也不喜欢。

但至少眼下我觉得我们都很可爱。很可能到下个礼拜我又会改变主意，但现在，我觉得最重要的是，当一个人迫切需要雨伞的时候千万不能孤单一人站在雨中。这次的棚屋倒塌事件就证明了这一点。而且相比于别的孩子，我们有更多的雨伞可以选择，这也是件不错的事！

我把自己的想法告诉了阿尼和斯皮迪，他们也完全赞同！

上架建议：儿童文学

ISBN 978-7-5339-6033-9

9 787533 960339 >

定价 32.80 元